天空の甕

田中山五郎

本の泉社

目　次

天空の甕

—— 田中山五郎

天空の甕《かめ》

長野県栄村は新潟県境に接した山のなかにある。一九五六年九月に下高井郡堺村と下水内郡水内村が合併して発足した。

平坦地は少なく、森林が八割を占める。耕地も狭く、わずかの田では自家で一年に消費するだけのコメはとれなかった。コメはせいぜい半年分を確保できればいい方で、あとは雑穀を主食がわりに、ようよう命をつないできた。

村人はこの貧食から抜け出そうとしていろいろ試みたが、山から湧きだす自然の用水は限られ、水田を広げようにも広げられなかった。村の大部分を覆う山林を眺めつつ、村人は幾世代にもわたってその思いを抱きつづけてきたのであった。

一

戦争が終わって昭和二二年、新憲法が施行された。主権在民がうたわれ、この国に民主主義をもたらした。古くからの地主制度を解体して農地解放が進み、百姓はようやく一人前の自作農となることができた。村民は、農民として発言し、「願い」を「出す」権利のあることを知り、それではと、「願いを出す権利」を行使してみようと、「野々海」のことを想い浮かべた。

「野々海」は村の北の奥山にある。天空の地と呼ばれ、人も滅多に近づかない秘めた一帯である。山に上がっていくのは冬の鉄砲撃ちくらいなもので、ほとんどの村人にとって、奥山は用のない土地であった。

その標高一〇〇〇メートルの山頂に、周囲四キロメートルのくぼ地がある。古代、この山が噴火した跡で、毎年、地上の数倍の豪雪を溜めこむ。村に降り積もる雪はいつも七メートル以上になるから、その三倍以上はここに積もると推測され、それが春から夏へ、太陽に暖められて雪解け水となり、谷に流れ込む。「野々海」と村人は呼んだが、いうならば自然の水ガメである。この水を田に引き込むことはできないか、村人は岩を叩きながら千曲川に落ち込む水音を聞いては嘆息した。水音は田植を急がす小太鼓のように村人は受け取り、田畑に精を出すのであった。

戦争は、農家の働き手を奪っただけでなく、耕地を荒れさせ、農業生産は極度に落ち込んだ。そのうえ、外地からの引揚者もあり、米麦の国内自給は困難になっていた。食糧増産のかけ声は連日のように「ラジオ」から流されていた。餓死者は増え、この緊急事態に農林省は国内の各地に「開拓」を奨励するとして、引揚者を未開墾の荒れ地へと押し込んでいったのである。

この山中の村にも、戦時中、開拓移民として海を渡った人たちの引揚げ先を受け入れるよう県から通達された。厚生省からの要請だった。最初は打診程度であったが、引揚者が多くなるにつれて要請の度は増し、そのたびに村からは「耕地が少なく、開拓するにもその場所さえ見当たらない」と県に回答していた。この狭小な山間の地にどうしてこれ以上受け入れることができるのか。村長以下、困惑しながらも、米麦の生産では村民の需要を賄えないというのに、田畑を取り上げて、そこに引揚者を入れるというわけにはいかないと拒否してきた。しかし、国は執拗に引揚者の受け入れを要請してきた。要請というものの、じっさいは割り当てに近かった。

県の役人は何度も足を運んできたが、「承諾しろ」「しない」の押し問答がくり返されるだけだった。そのうち村長は、「野々海」をダムにして用水を田に引く工事を条件に受け入れることを思いついた。村会議員や幹部職員らを集めて鳩首、協議をおこなった。

「これ、どうだ?」

「よかんべ」

先祖から代々、なんとかしたいと夢見て、苦慮、遠望してきた「野々海」である。

「うーん、それはうまい条件だナ、引揚者を入れろというのであればこの際、それ位のことはしてもらうべ」

「うん、それはいい条件だで」

「それができれば、長年の念願が一気にかなえられるぞ、この際絶対それでいくべぇ」

と口々に声をあげた。誰も異存はなかった。

引揚者を受け入れるには、開拓する土地がいる。狭小な山間地に遊んでいる場所などどこにもないが、用水が確保できるとなると条件が違ってくる。棚田が可能になるし、なによりコメがつくれる、コメが食えることで暮らしていく勇気が湧いてくる。用水を確保し、水田を増やすことなしには引揚者は受け入れられない、と県・国への回答を決めた。

村会議長も身を乗り出すほどの興奮ぶりだった。

しかし農林省は当初、この回答を拒否しようとした。引揚者は、どうにかこうにかその土地で暮らしていければよし、としていたのである。それ以上の施策には二の足を踏んでいた。それに対して村は、引揚者を受け入れるからには「生活のめど」がたつまで責任を持つのが当然だ、と胸を張った。

それからしばらくして、県から、近々農林省の技官を「野々海」調査にさし向けたいとの連絡が届いた。

村会議長をはじめ議員たちは、ほっと胸をなで下ろした。「日にちが決まれば現地の案内をしてもよい」と、県に伝える声も弾んだ。

農林省から派遣されてきた技官は、泊まりがけで「野々海」の岸辺に足を運んだ。村民らが見守るなかで調査し、試掘もおこなった。数千年か数万年か、ともかく長期間、水漏れを起こした様子もないようだと分かったとき、村長以下顔を見合わせて安堵した。貯水ダムとして可能だと太鼓判を押されたのである。

一年後、「野々海」の工事が開始された。現地工事責任者になったのは武間祥太郎。若い村会議員である。彼の奮闘ぶりは『水内村開拓史』に詳しい。残念ながら工事途中で豪雨に遭って谷に墜死するが、そのあとを息子文彦が継いだ。

その文彦もすでに八六歳。色あせて茶褐色になった『開拓史』を開くと、父がいまにも甦ってきそうな幻想にとらわれる。

二

昭和二三年、農林省からやってきた「現地調査」から一年が経過していた。

「おーい文彦、やっと予算がついたぞ、いよいよ野々海が工事に入れるぞ、ずいぶん長く待たされたもんだ」

父の祥太郎は、役場から夜になって自宅に帰ってきて上機嫌だった。

文彦はそのころ、東京の大学をめざして勉強に励んでいて、父母の会話が、この村の将来に関係するらしいことだと分かっていたが、聞き流していた。

戦前、父たちの食事たるや、他人の前では堂々と広げられぬ粗飯もので、百姓でありながら、他所からコメを買わねばならなかった。コメは「貴重品」で、コメを粗末にするものは目がつぶれるとまでいわれた。その乏しい収穫からも小作料として地主の倉庫に納められ、父たちは通常、粟、稗、きびなどの雑穀に一握りのコメを混ぜて炊いたものを主食としていた。秋になれば栃の実を拾い集めてアクを抜き、乾燥させて粉に挽いて搗き、食料とした。

この貧食から抜け出すことを考えないものはなかった。千曲川の豊富な水流を一部でいい、水田に汲みあげる方法はないものかと、古老たちは歯がみしながらその流れを見やった。目の前を流れ下る千曲川は、上流でひと働きし、下って越後平野の米作地帯を満々と潤して余りあった。

貧しいのではない。あの水が汲めないから田にすることができないだけのことだ。それが分かっているから、悔しい。百姓をしていながら、木の実を拾い集めて食う〝山猿〟呼ばわりされるのがなお悔しかったが、どうにもならなかった。雑食は貧乏の証しでしかなかった。

ここから抜け出し、堂々と人前で白いコメの弁当を広げてみたい。水内村の誰もがもの心ついたときからこの切なる願いから離れられない。

文彦は、父の上機嫌な声を瞬間、「うるさく」感じ、耳を塞いだ。座敷に上がった祥太郎は、足取りも乱れがちで、その場に座り込んだ。

「おお文彦、いたのか、おらたちの願いが、やっとお上に聞き届けられたぞ、まったく……。この村にとって数百年来の快挙だ」

「こんなことはなぁ、昔はいくら陳情してもかなわなかったものだ。戦争が終わってやっとできるようになったのだ。よく覚えておいてくれ。全村あげてよく頑張ったからだ」

父はそう自慢し、ややあって上着を脱ぎにかかった。

天空にある「野々海」がいよいよ世に出る。この村に役立つときがやって来るのだ。

「雪が消えれば理想郷だ」と祥太郎は笑った。ひとり上機嫌だった。


「野々海」を水源にしたいという願いは、古くからあった。文政年間には、村の月丘又右衛門が野々海から流れ下って来る雪解け水を下流のくぼ地で堰止め、一五町歩の新田開発に成功していた。

それから時代は下って大正八年、水内村は議会に諮り、野々海を水田に必要な貯水ダムにしてくれと、はじめて県に陳情した。が当時、県はそれを聞き入れるどころか握りつぶしてしまった。

昭和に入って一一年、不景気に見舞われた村は疲弊したままだった。村では経済自立の更生計画をたて、「野々海」の水利用を考え、五〇町歩の開田を企画して県に要請した。しかしこれも拒否されてしまった。この年、村の負債は一二万五八〇四円に達し、村予算の一〇倍にまで膨らんだ。村はいまや財政危機、村自身の存亡に直面していると村長の野村武四郎は村議会で報告した。

「わが村の村民はこのまま続けば没落の危機に陥る。開田してコメを増やしたいと県にくり返し申し入れてきたが……回答はいまのところ皆無であります」

と苦衷、無念をにじませた。県はあとになって、「まず勤倹節約で乗り切ることを考えるべし」と、一枚の紙片を交付したのみだった。まるで子どもだましだと村長以下は憤慨したのであった。

当時この国は、大陸に深く侵入していた。軍事がすべてに優先するとし、民政など顧みない時代へと突入していった。奪取した満州の奥地に王道楽土を唱え、真相は知らされぬまま内地から大勢の人びとを開拓移民として送りこんで国家の方針に従わせた。一方では軍事予算を急膨張させて、奥地にまで侵略の鉾先を伸ばして深くはまり込んでいった。

だが、この侵略は時間が経つごとに破たんし、大陸に多くの日本人を残したまま戦争に敗れ、人びとは大きく犠牲を背負わされてきた。

昭和二〇年ようやく平和な時代が到来した。

今度こそ安心して「腹いっぱいのコメの飯が食いたい」、これが焼け野原にすきっ腹を抱えて帰還したすべて人びとにとっての、なによりの願いであった。しかし緊急に必要なこの対策にもかかわらず、電力事情は悪く停電をくり返し、肝心の肥料製造は滞り、農機具も手に入らず、復興は遅々として進まなかった。

海外からの引揚者を受け入れてもらいたいとの政府からの要請を受けて、県からの通達が入って来たのもこのころだった。

昭和二二年一月、農林省は「失業救済と治安維持対策」を開拓事業に加えて開始すると発表した。

農林省の示達文書の冒頭には、「暴動の発生を防ぐ」とあり、これがまず村民の心を逆なでした。新農村建設を看板にして治安対策をやろうというのが見え透いていた。奥深い山村に海外からの引揚者を受け入れさせ、その開墾事業を推進するのがなんで「暴動の発生を防ぐ」とつながるのか、村会議員らは、ここを読み返して、頭に来ていた。

「なにー？　おい、これを見ろ、農林省の奴ら、治安対策が先だと。この村に暴動でも起きると予想しているではないか」と憤懣やるかたなしというところだった。

この間、水内村では引揚者を受け入れる条件に、従来からの、たっての願いである「野々海」の口を封じ、水源地とするよう要請しつづけていた。

村は、新たな入植者のための開墾可能な場所として、山の上の痩せた山林原野しか割り当てられることができなかった。そこは伸びの悪い雑木が多くを占める岩だらけの一帯で、昔から村人が省みない荒れ地であった。村には、そこを開拓事業地として入植者に割り当てる以外なかった。

着の身着のまま引揚げて来た人びとは、一枚の紙をもらってこの村に入植してきた。無残とも思えた。何もかも条件が整わない、知らない山奥で掘立小屋をつくり、そこに住むより居場所は与えられなかった。無論、沢の水を汲んでの生活だった。

村長以下の幹部らは県からの回答を受け、ようやく笑顔になった。

村長以下ようやく念願がかなったことに万歳を叫び、どぶろくで祝杯をあげたところだった。村の人びともそれを聞いて晴れ晴れとした表情でこれを迎えた。ついに夢と描いた「野々海」が事業として始まる。

しかし農林省は、「ビタ一文揺るがせにすることなく、もっぱら開拓事業を完遂させ、周囲の期待に添うものとする」と、施策上の注意点ばかりを強調した。つまり、今回の開拓事業は、村人たちが従来考えていたものと明らかに違うものだった。村は、新田開発に加えて生産性の低い畑も水田に切り替えたいと思っていたが、農林省は、あくまで新たな開拓地のみを「事業」とし、他は一切認めないとしたのである。

これまで何十年、いや何百年かけて可能と思うところを力を尽くして開墾し、目一杯広げて来た土地は、もうこれ以上どこにも新たに広げる余地はまったくなかった。しかし農林省は、開拓事業はあくまで〝新たな〟人びとが定住するためのもので、それを「開拓地」と認めるとしていた。

三

やがて山上の仮小屋に住む引揚者と、村民のなかの開墾を希望する者たちとで新たに開拓農業協同組合が結成されることになった。この組合の結成なしには、開墾手当ても、肥料の割り当ても、補助金受給などのすべての手続きが進められないものだった。開拓農協の組合長は村会議員でもある広瀬一郎が就任した。武間祥太郎は村会議員として働いていたが、開拓組合の筆頭理事に推薦された。

祥太郎は、村内にまだ開墾できる余地が若干あり、新入植者のためにも新たに開墾をして食料を生みだすことができると考えている一人だった。引揚げてきた者たちは食料（主にコメ）のたくわえがあるわけでなく、開墾した畑に、ジャガイモ、南瓜、陸稲を植えたのだが、それは夏が過ぎて秋を迎えるころでないと収穫できなかった。日々の食料はもっぱら配給に頼っていた。しかし、配給は都会同様の遅配続きで、耐え難い空腹を抱えて暮らしていた。知り合いとてない引揚者には、一粒のコメさえ手に入れる知恵も金もなかった。引揚者は、止むにやまれず窓口になっている村の役場にやって来るのであった。

ある日、育ち盛りの子どもを抱えた母親が四、五人、元気のない顔をして役場にあらわれた。女たちは、係の机の前に詰めかけ、コメの配給券を貰うまでそこを動こうとしなかった。

祥太郎は、役場にやってきてその光景に出くわした。役場の係のものは、食ってかかる女たちの前にノートを広げ、

「あんたんところはまだ一五日分あるはずだぞ」と指さして説明した。

「そんなことといったって、欠配続きでコメはねえだ。もう、とっくに食っちまっただ。ちゃんと配給してくれねえとどうにもならねえ。子どもらは我慢しろっていったって

いうことをきかねいだよ」

と髪を振り乱して役場の職員に迫っているのだった。

「配給は政府で決めている。おいらにはどうにもならねえ……」

「そこを何とか……村長さーん、助けてくれい」

奥にいた村長に聞こえるように女の一人が金切り声をあげ、カウンターの前で叫んだ。

村長は、眉根を寄せながらゆっくりとカウンターの前までやってきて、

「そんな大きい声出さなくてもわかっている。誰だって同じように配給してるからナ」

村長は片手をあげて制止にかかった。

「そこをよー何とか、欠配でなく目一杯三〇日分ちゃんと出してくんなよ」

「困ったなあ、政府米がいまだ届かぬから、欠配になってるんだろ。コメが入ればすぐに配給するだよ。そこまでなんとかしのげねいのかい。あんたたちに出してしまえば、他のものが困るべえー」

「村長さん、おめいさんとこ、子どももいるだんべ？」

「そりゃあ、おらがにも子どもはいるさ」

「だったらよ、分かってるだべ。腹を空かせればどんな騒ぎになるだか分かるべ。何でもいいから少しでも、券を出してくんなよ、子どもが日干しになっちまうだょ」

女は髪を振り乱して村長に食ってかかっている。村長はしばらく目の前の女衆を眺めていたが、やがて職員を振り返った。

「仕方ねえな、加配米の残り券あるか？　少し出せっかい？」

重労働の者たちにだけ配られる、労務加配米の配給券だった。

祥太郎は、傍らでそれを眺めやっていたが、思わずごくりと生唾を呑み込んだ。できれば自分がそれを提供してやりたかったが、自分の家にその余裕はない。コメはぎりぎりで、秋には強制供出が待っている、どうにかこうにか毎日、食べられてはいるが、すべては計算づくの自家用米で、余裕のない生活を強いられているのだった。女衆はようやく労務加配米の切符を手にすると静かになり、ぺこりと頭を下げて立ち去っていった。

祥太郎は、ほっと溜息をつきながら、生きるということが、こんなにもぎりぎりのことで、女の悲鳴を聞かなければならないことに、胸かきむしられる思いだった。

女たちが役場のなかから去っていくと、あたりは急にシンとして誰も口を聞くものがいなくなった。

村の各所に隠されたようにあった水田は、大正三年の大水害で二町歩余り千曲川に呑み込まれて失っていた。そこに、東京電力が信濃川発電所工事の導水トンネルから掘り出した岩かけらの土砂を山と盛り上げ、貴重な農地二〇町歩が使用不能になってしまった。耕地の減少は、水内村になんとも手痛く、コメの減少ともなった。

水さえ引ければそこを水田に変え、耕地を開くことができる。——祥太郎は、「野々海」に水を溜めこむことをますます願うのだった。

水甕ができれば村は生産が増え、住みつづけられる。議員も、村民も顔を見れば、いつ「野々海」工事が始まるのだと口ぐちに言いあう姿が見られた。県が重い腰をあげて現地調査に入ることを決定したのが昭和二二年一月で、その二月、村会議員と各区長合同の野々野海築堤についての協議会が開催することになった。

村民の願いがようやく第一歩を踏み出そうとしていた。そんなとき、野々海開発の現場責任者として、武間祥太郎が推薦された。

祥太郎は、青年時代から率先して官営植林事業に参加しており、小作人たちのためにも奮闘するなど、節を曲げない青年として知られ、村会議員にも当選していた。祥太郎は、役場に押し掛けた女たちの悲鳴を耳にして以来、気持ちは幾分焦っていた。指名を受けたからにはいままでにない真摯な気持ちで現場を受け持とうと心に誓った。現場の事務には、役場から職員の篠山浦太郎が指名を受け、派遣されることになった。

祥太郎は、「篠山君、いよいよだ。やりがいのある仕事だ。しっかり頼むぜ、なぁ、これで忙しくなるぞ、責任は重いが、……使命感のある村始まって以来の仕事だ。これを成し遂げれば、この村は安心していられる」

篠山の肩をぽんと叩いた。

四

綿密な現地調査がおこなわれ、やがてダムになる築堤の設計もできあがった。いよいよ築堤着工の許可が県から降ろされた。昭和二三年三月末のことだった。

四月、用意も整ったとして、第一回目の入札が役場でおこなわれたが、応募する者がなく不調に終わった。現場に向かう道が一筋もないことが、土木業者にそっぽを向かれてしまったのだった。工事を始めるためにはその現場に行きつける道路が当然なければならなかったのだが、農林省は予算のなかでそのことには一切触れてなく、突き放されたままだった。

農林省は、「地区開拓計画樹立に関する件」として、

「建設工事は、入植者および増反者の営農および生活に欠くことのできない基本的に必要な公共性を有する施設であって、入植者またはそれが組織する団体では技術的、経済的に実施することが困難である施設を対象とし、必要なる最小限度の範囲において計画するものとする」と示した。

そして道路には、

「地区と外を結ぶ幹線道路として計画し、概ね可耕地三〇町歩以上を支配するものをいう」として、村道から「野々海」までの約八キロもの坂道の開発は、初めから対象外にされた。

村長らが県の農政課に問いただしたのだったが、県もその予算をつけることはなかった。

この措置に、祥太郎は憤慨した。後日、村役場にやってきた県の役人に、

「やっとスタートしようとするのに、道路がなくてどうして現場まで資材を上げることができるのだ？　釘一本、板一枚、なにからなにまで、どうして運びあげるというのだ。……人の手によって運べというのかい？」

と詰問した。

「待ってくれ、……そこまでの予算は出せないというのが、本省の考えだ。それは、自分たちで……難しいだろうが考えてくれないか。俺たちも困惑している。国の補助金、国債発行などほとんどが止められた。だからすべて予算は削られ、出すことは不可能なのです」

祥太郎はいった。

「しかし、わしらだって一日も早く仕事に取り掛かりたいことは分かっているだろう。そうしたいが、山に上る道路がないところに材料を運べといわれたってできるわけがないだろう？　そうは思わないか」

「ま、県としてはこれ以上の回答はできかねるのだ」

「それじゃあ、道路は自分たちでつくれというのか？」

「う？　うん、まあそうことだ。もし手がつけられないというのであれば……それは予算を返上してもらうしかない……」

役人は、にべもなくそういい放った。

「そんなことできると思うのか？　やれるというならやってもらおうではないか。そのかわり、引揚者は引き取ってもらう。それでいいならそうしてくれてもいい。農林省はいったい、何を考えているんだ。こんな小さな村に、せっかく、希望がわいてきたというのに、二階に上げて梯子を外す気か」

祥太郎は忌々しい限りだと県の担当者に毒づいた。

県の担当者は、祥太郎の怒りに顔をふせ、あたふたと帰っていった。

祥太郎は腹にすえかねていた。自分だけのことではない。この工事の完成が待たれている。それはいまや村民だけの問題ではなくなっている。それを思うとき、怒らずにいられなかったのだ。しばらくそのまま自分の机に引き取り、腕組みしたまま興奮を押さえかねていた。

誰も名案は浮かばなかった。しかし、工事予算がついた以上これをなんとかしなければならなかった。入札の期日が迫っても、役場の机の前には業者は一人も入札にあらわれなかった。

祥太郎は、道路のないことを懸念しつつ、これを予想しないわけではなかった。しかし、空振りに終わったことに心中、あわてた。

入札結果を待っていた村議、開拓組合の関係者も手持無沙汰のまま口も重かった。公共事業であるこの仕事は、業者がイの一番に入札にやって来るものと信じていたのだった。普段なら喜色満面でやって来る。そう信じていたのに……、今回はみなそっぽを向いている。

祥太郎は村長に意見を聞いた。

「どうしたもんだか?」

「せっかく予算がついたのに工事を投げてしまえば二度と予算はくれめえぞ」

祥太郎は村長の顔を見つめた。

「村長、道路予算をつけるとしてこの貧乏村に出せるか?」

村長は首を横に振った。しばらくして、

「なにせ……天皇より偉いアメリカのドッチラインという奴だ」

祥太郎は怪訝な顔をして村長を見つめた。

「国の経済政策はもっぱらそちらからやってきて、従わさせられているらしい」

「うーむ、そりゃあそうだろう」

祥太郎はしばらく腕組みしていたがやがて、

「文句をいってみたところでしようがないか、涙も出ないぞ。どうだい、みんなで道具を担いで道づくりをしようぜ。そうしない限り一歩も前に出やしねえ」

祥太郎は半分やけっぱちな気分でそういい放った。

村長は口を結んだまま祥太郎の言い分を聞いていた。

「これじゃあもう、お手上げだい。どうにもならぬ。自分たちでやるしかねえ……」

「まあ仕方がねえ、こうなったらみんなで頂上への道を付けるべ」

「そうすべぇ」

「雪解けを待って取り掛かることにして、みんなに段取りを付けべえよ」

開拓組合の役員らは、村長を前にギシギシと鳴る板張りの床をあちこちと動きつつ、最後に合意したのだった。

四月、里ではこのところの暖気でようやく雪解けが始まっていた。

祥太郎を先頭とし、開拓組合と入植者の人たちは、暖かくなったある日、ついに意を決し、それぞれ道具を持ち出して里から上る入口に集まった。雪はまだ数メートルも積もったまま、びくともしなかった。昨年初冬、登り口と定めた地点に目印として長い竹の棒を突き刺しておいたが、それがようやく雪のなかから穂先を覗かせていた。

人びとは鍬を担ぎ、かんじきを履いて集まってきた。いよいよ山に上る道をつくるべく、解け残る雪を掻いて地面をあらわにする作業に取り掛かっていった。上るに従って雪は深くなるが、その脇では黒土を押して蕗のとうが新緑の顔を覗かせていた。

「おお、もう蕗のとうは陽気を知っているらしいぞ、顔を出している」と誰が声をあげた。

空は晴れ上がって暖かく、仕事初めには好都合の日となった。

人びとはわくわくした気分で目の前に立ちはだかる丈余の雪に立ち向かっていった。

「なににしても天空におらがのためにダムをつくるもんだもんな、こんな嬉しいことはなかんべ」

人びとはおのれの力によって坂道がつけられるのを誇らしげに語りあっている。幅はせいぜい一メートル、余裕のあるところは二メートル、人を押しつぶす丈余の雪を掻き分けながら、気の遠くなるような作業が続けられた。

雪の下からあらわれた土を削って平らにしていく。人の通れる道が、黒々と雪のなかにつけられていく。数十メートルの道がその日のうちにできあがった。村人は足の凍えるのを気にしながらも、喜々としてその跡を見やった。

たとえどんなことがあっても、野々海のある山頂まで、道はつけられなければならない。次の日からも屈強の男たちが汗をかいて立ち向かった。

雪を掻いて地表を出し、それを削って人が通れるよう平らにする。自分たちのこととはいえ、一円の手間賃も入らない。だが、みんなは山の横っ腹に食らいついて汗を絞った。時どきカチンと音がして鍬を跳ねかえした。埋まっていた石ころが刃先を痛めた。

数十人が連日これに取り組んだ。道は、少しずつ上へ上へと幾重にも折れ曲がって上っていった。

五月下旬、山の中腹には冷たい雪解け水がちょろちょろと足元を濡らして流れている。それが地下足袋の指先にジンジンと凍み込んでくる。村人は「野々海」が貯水ダムとなり、やがて黄金色の稲穂の垂れるのを夢見て働いていた。一服し、濡れた地下足袋を陽にかざす。見上げる彼方に「野々海」が待っている。

初夏を迎える六月、ようやく湖面を眺められる場所に道が通じた。太陽の光が湖面一杯にまぶしく反射し、「野々海」は村人の到着を待っていたかのように笑っている。周りは、ブナの林がようやく若葉を芽吹かせて始めていた。鶯の別天地なのだろう。しきりとさえずりの声がしている。

人びとは胸をはだけて汗をぬぐった。古代の火山湖であったという湖面は、両端に目が届かないほどの広がりを見せている。足元のがけ下ではぴちぴちと流れ下る水音がしている。

祥太郎たちはさらに足元の土を掻きならして現場に降りるための道をつくった。湖面を眺めながら、なにかしら急かせられそうな気がしてくる。収穫への希望が自然と膨んでいる。それがまた人びとを仕事に追いたてているのである。

その日の夕方、陽の落ちるのを合図に祥太郎たちはは山を下りた。ようやく道ができあがったことに深い感慨を覚えながら、それぞれ、我が家へと帰っていった。

次の日、祥太郎は役場を訪ねて、村長にようやく山頂まで道をつけたと報告した。村長は、「そうか、ようやくできあがったかい、それはよかった。これで工事の日鼻はついたってわけだ。資材をぼつぼつ上げられるようになるな」

「はい」

と目を細めている。

「それで、村長、いくらか出せないもんですかな？　これからはただっていうわけにもいかないだろう。いままで苦労をかけて来たわけだし、これからもまだ当分ご苦労をかけねばなんねえ。資材も人の手で担ぎあげなければならぬと思えば、気が遠くなる。資材運搬費の一部として先払いの形でなんとかしてやれないもんかね……。なんとか考慮されねえべか」

「ああ、分かった」

村長は手をあげて祥太郎の提案を制止するかのようだった。

「三役員会を開いて相談してみよう。しかし、この前もいったが、ドッチラインでな。出せるものかどうかよく研究してからだな、それは……」

祥太郎は、いまや資材どう運ぶかを考えねばならなかった。人の背に鉄骨や木材、セメントも砂も、何もかも載せて八キロある山道を担ぎあげる……。数千人単位の人出が必要になって来る。

「しかし……村長いや開拓組合長、これからが本番だで、少しは報いてやらなければ張り合いも何もなかんべ」

「そうか、弱ったな……それは……」

村長は首のあたりを掌でポンポンと叩いた。

工事資材を山の上まで運ぶには、牛や馬も使うが、牛馬はそれほど多くはこの村にはいない。重いものだけに限られるし、ただ土を削り取っただけの荒削りの山道は危ない。結局は人の力で山頂に運ばなくてはならない。ぬかるみに足をとられると、谷底へ落ちる。そんなことも考慮に入れなければならない。今後の苦労を考えれば、まるっきりロハというわけにはいかない。それはあまりにも虫がよすぎるし、ひどすぎる。少しでもいいから、〝慰労金〟の支給があっていいのではないか。祥太郎はそう思うのだった。

想像以上に困難が立ちはだかっている。それを思うと祥太郎は責任を感じていた。

「これをどう乗り越えるかだ……」

祥太郎は、現場の総責任者としてそのことも口に出してみた。どうかそれがうまく運んでくれればと、それだけを日夜考えていたのだった。開拓組合には出せるだけの余裕はなく、なんとか村から支給してほしいと頼みこんだ。

が、ない袖は振れないと、村長は祥太郎をなだめていうのだった。


ダムは谷の両側から土を盛って突き固め、その堰堤の横から導水口をつくって本流のトンネルへと向かわせる。ダムの水は、春先の満水の状態から雪が溶けて流れ、次第に減っていく。その水量の減り具合を見計らいつつ導水管に流れ込む量を調節する。堤防に添ってヒューム管を取り付け、それを一段ずつ引き出せば、水は自然に流れ下っていく。


仕組みはそれでいいとしても、問題はダムの擁壁だ。基礎をすべてコンクリートで固めるとするなら、セメントと砂に加えて、大量の砂利が必要になる。大型ダンプ数十台分にもなるだろう。どうしたら確保できるか?

この話が祥太郎の家で出たとき、

「親父、砂利はどうするのだ?」

突然、文彦が尋ねてきた。

文彦もこれには関心があったものと見える。土木工事にはつきものの材料のことだ。

砂利がまず先に思い浮かぶ。村に住んでいればどこかの土木工事でそれが使われているのを見知っている。

「あの山頂に砂利があるかな?」

「う……山の上には砂利はないんだナ。下から持ち上げるっていうわけにもいかず、困っているのだ。……だから現場で製造することにした」

「現場で製造?　どうやって?」

「人の腕だ。それを借りるより方法はない、大勢がハンマーを持ち寄って岩を砕く……」

「ハハハ、そんなことで工事が進むのかな、いつになったらできあがるのか見当もつかないよ」

祥太郎はいささか腹に堪えた。

「間に合うか、間に合わないか、じゃない。それしか方法はないんだ」

祥太郎は語気を強めた。

「へーえ」

「俺もナ、そんなことはしたくねえけど、あんな重いものを大量に人の背中で山頂まで運びあげるっていうわけにはいかんだろう。村道は牛車で運んでも、あの山への道は牛車でもあがらない」

文彦は、親父の顔をチラリと見ながら、

「岩を砕くなんて、それではまるで、石器時代の話だナ」

信じられない、といった口ぶりでいった。

祥太郎は、重ねていった。

「大量の砂利を人間がいちいち山頂まで運びあげるってわけにはいかないのだよ……」

文彦は父親の顔をまじまじと見つめた。

このやったことのない、未開の山頂の土木工事というものをイメージできなかった。父がいった、岩を砕いて砂利をつくるということがその通りに進むにしても、途方もなく長く、忍耐のいる労働が人びとの前に立ちはだかっていそうな気がした。

祥太郎は、次の朝、職員の浦太郎を伴って山に上った。野々海の岸辺に立ってがけ下を覗きこんだ。そこには、土に混じって丸い玉石がごろごろしていた。目の前にある横手の崖にも岩石がいくつも露出している。

「この岩石を引き出して砕いて砂利をつくるのだ。その仕事をしている間に、砂を河原から少しずつ運んでもらう。セメントも同じだ」

祥太郎は振り返ってそう呟いた。

「しかし、砂利の製造には」と、祥太郎は胸算用してみた。おそらく数百人単位の人間がそれだけに追われるだろう。

「だけど、これをやらなけりゃ、工事は始まらぬぞ」

祥太郎は浦太郎を振り返った。

二人はそのあたりを値踏みするかのように歩きまわって、山を下った。

そして、組合長でもある村長のいる村役場へと向かった。

祥太郎は村長に、

「砂利は、現場で製造する。それしかない。人の力では大量に運びあげられない」

と報告した。

「そうか、俺もそれを考えていたところだ……」

「野々川周辺にある玉石や、いずれ掘らなければならぬ導水トンネルの岩壁もそれに加える。ともかく、総がかりで砂利の製造に取り掛かろうと思う」

「できるか？」

「多分……、時間をかければだが……」

と村長を見た。

広瀬村長は、

「そうか、現場でそれをやれば、県の役人に子どもの遊びといわれかねないぞ、それでも大丈夫か？」

「それしか方法は浮かびません。荷車が通れるほどの道路をつくれば別だが、いまのところ……それも無理でしょう」

祥太郎には、役場で聞いた女衆の悲鳴が耳奥に残っていた。あの悲痛な声を聞いてしまった以上、一日も早くダムを完成させなければいけない、と祥太郎はいつも心を急かされていた。

「村には金がねえ。しかしあの重い砂利を人の背で担ぎあげるわけにはいかないし、な」

祥太郎は自信を持って宣言するのだった。山頂での砂利の製造こそ、なにがなんでもダムをつくらずにはいられない心境を語るものだった。

「コメをつくってこそ本当の百姓」

祥太郎は常にそう自分に言い聞かせて来た。いまやその実現へ向けて必死の思いを宣言するのだった。


屈強な男衆が山頂に集められた。祥太郎は、男衆の前で、岩を砕いて砂利をつくること、これなしには仕事に入れないと説明した。

男たちは、前代未聞のこの仕事を、顔をしかめながら聞いていた。

「ではまず、それから取り掛かってくれ」

岩を掘り出し一回り大きな岩の上に乗せる、それをハンマーでたたき割る。石ころをハンマーで打ち砕いて細かくするのに、数十人がかりで始まった。力のあるものが、柄の長い大型のハンマーを振るって岩に打ちあてるが、岩は硬くてハンマーは跳ねかえされた。

「岩には目というものがある。そこに狙いをつけ、鉄の楔をさし込んで叩けばうまく割れるよ」

土工の経験のあるものがそう教えた。

ハンマーで二つに割られた岩は、さらに手持ちのハンマーによって砂利にしていく。こうしてできあがった砂利は、石油缶一杯で一円二〇銭支払われることになっていた。およそ近代に似つかわしくない原始的な仕事が、山頂の現場で始まった。こうして一ヵ月、連日岩を割ってようやくダンプ一台分の砂利が積み上げられた。

「まだ足りないかもしれないが、……ひとまずこの位にしておこう」

祥太郎は砂利の山を眺めてそういった。

できた砂利に混ぜる川砂は、千曲川の河原からすくって、布や麻袋に詰めそれを女衆が背負って山頂まで運びあげることになった。

女衆は十数人が一組になり、地下足袋を履いて砂を石油缶一杯程度麻袋に入れ、背負って山道を上った。足元も悪く、ところどころ崖に背を寄せ、荒い息を弾ませ、ひと休みしつつ上っていった。

女一人が背負う砂の量は、地上にあけてみればたかが知れていた。しかし、女衆はこの山道に列をつくって連日のように砂を運びあげた。コンクリートに配合する砂は、砂利の半分必要とされていた。

女衆は砂を運んで、頂上までやって来ると決められた場所にそれをあけた。弁当を食べ、いったん休みをとってから山を下っていった。次の日も、またその次の日も、朝になると女衆は河原に出て砂を麻袋に詰めて背中に乗せ、地下足袋を履いて山を上った。

そのうちにも男衆も、ずしりと重いセメント一袋を背中に担ぎ、ゆっくりした歩調で上っていった。さらに重い資材は、牛の背に乗せられて運びあげられた。こうして、工事に必要なものはすべて人と牛の背中にくくりつけられて山上へと運ばれていった。山に資材が少しずつ整い始めた。

木挽職人が二人、山に上ってきた。そして、山の木を切り倒して枝を払い、板に挽き始めた。丸太になった木を斜めに立てかけ、木挽きはそれを幅広の大きな鋸を使って一日中、体を前後に揺すりながら板に挽いていった。

できあがった板は早速、飯場の床板や壁に、そしてコンクリートの型枠として用いられた。木挽きはおよそ一ヵ月間その仕事にかかりっきりだった。

山頂の現場に活気が溢れ、ようやく工事現場らしく人びとが動き廻っていた。

祥太郎は、湖岸の見える平らな場所に、飯場を二つ建てることにした。男衆数十人分の宿泊用だ。周囲のブナの木を伐採して掘立小屋を建てた。

木挽きが製造した板を床板として並べ、壁にもそれを張った。しかし、山頂は夜になると冷気が入りこみ、寒くてかなわないとすぐに声があがった。祥太郎は、床板の上にコメの空俵を広げて敷きこむことを提案した。隙間だらけの壁にも、なかからコモをつるして風の侵入を防ぐようにした。

祥太郎はこうして、一つひとつを解決しながら、男衆に気を配り、目の回る忙しさだった。しかし、難関は続いた。一日中働きどおしの男衆は、ともかく腹が減る。雑穀の飯では腹が持たない。腹が空いては、ハンマーを振るうにしても力が入らないとその場にぺたりと座り込んでしまうのである。

「昼飯にはせいぜい米飯を腹いっぱい食わせろ」

冗談めかしているが、言葉も荒く、祥太郎を責め立てた。同じ百姓の身として、そのあたりのことは祥太郎にもよく分かるのだった。山を下りて、村長に訴えた。

「うーん、そうか腹が減ってはな」

村長はうなずいて祥太郎を見つめた。

「どこかでコメを調達してー」

「ううん、コメなぁー」

コメをつくるためにそれをやっていながら、コメが食えない、とは……。

「これでは仕事ははかどらない、遅れるばかりで……」

祥太郎はそう嘆いた。

「なんとか手当てしてやらなければ……」

「そうか、じゃ、俺がなんとか見つけて来よう。……しかしあれだナ、手当てしたことが外部に漏れては不味いからな……」

「それはまず当然のことで……」

村長と祥太郎は、互いの目を見合ってにやりとした。


しばらくして、コメが山の上に運ばれてきた。村長が動いて手当てしたものだった。早速それが炊かれた。しばらくするうち、男衆が釜の前に集まってきた。やがて目の前に白い飯の山が突きだされると、男衆は久しぶりに炊きたての白い飯に手を伸ばした。やがて腹が満たされると、

「ううん、うまかった。やっぱりコメだナ、これで十分働けるぞ」

と笑い合っている。やかんの口からぐびぐびと喉を鳴らして水をのみ、彼らは立ち上がった。

祥太郎もその姿を眺めていて思わずにっこりとするのだった。これがあとでとんだ事件になるなど、まだ誰も知る由はなかった。


山頂ではいよいよトロッコの必要なときがやってきた。山を崩して「野々海」の底に土を入れて基礎をつくり、堤防を築くには、二〇〇メートルのレールとトロッコが必要だった。幸い、古レール一本でもなかなか手に入れることは困難な時代に、トロッコの台車も、必要なレールも土木業者に頼んで借りることができた。そのレールが一つ向こうの信濃白鳥駅に到着しているという知らせが入った。

「どうします?」

篠山浦太郎が聞いた。

「どうもこうもねえ、鉄筋を運んだように、一日かかってもいい、力のある者が組んでレールを担ぎあげて来いといえ」

祥太郎も〝飯〟の効果を読んでの指示だった。

「ではそのように伝えます」

レールが若者の肩に担がれて山頂に上がって来るまでに、山から枕木をとり、地上に敷き並べた。台車の幅に合わせてレールを並べ、犬釘を打ち込んで軌道が組み上がった。

ダムの厚みは底辺で七四メートル、堤防の端から端までの長さは六二メートル、頂点の高さは一四メートル余である。設計された堤防はそう巨大なものではなかった。村人たちは、やがてそこに満々と水がたくわえられることを思い描いた。

図面に基づき、男衆十数人が水の流れ下る地点まで降りて行って鍬を振るった。左右の山はだを削ぎ落し、新たな地面を露出させた。最初の年の工事はそこまでで終わった。

年が明けて昭和二五年二月、作業班が雪を搔きわけて頂上にのぼった。着いてみると、飯場は二棟そっくり押しつぶされていた。屋根には五メートル近くの積雪があった。総がかりで飯場小屋を建てなおすことにしたが、一日では終わらず、その日は山を降りた。

何日かかけて小屋を整え、下旬に入った二六日、本格的に作業を開始した。

二名が縄を伝って谷を下り、隧道工事の入口に降り立った。

「野々海」は通年、雪解けの季節になると水の出口を求めて割目をつくった。そこから、毎年、岩を削るように勢いよく水が流れ下っている。両側を深くえぐって谷を成し、気ままに滝をつくって下っていく。

その谷の途中から導水トンネルを掘らなければならなかった。長さ五七〇メートルの主流トンネルであった。トンネルを通った雪解け水は平坦なところで三方向に分流され、さらに村内各地に分けられていく。末端では新たに三〇町歩の開田が待っていた。

しかし、山頂のトンネル掘りは危険が大きく、誰もが尻込みをした。祥太郎は責任者として、手を拱いているわけにはいかず、開拓組合に呼び掛けた。役員会を開いて相談をしたが、とくに妙案があるわけでなく、志願者を募ることとしかなかった。

祥太郎は県との間で約束された期間を刻々と食いつぶしていることに焦りを感じていた。

ようやく六人の若者が手をあげた。祥太郎も雪を掻き分け現場に立った。トンネルの外で火を焚き、暖をとりつつ作業に立ち向かったが、岩盤は鶴嘴などではびくともしなかった。祥太郎は、わずかな割れ目を見つけて鑿を打ち込み、金梃でこじって手元に崩した。少しの岩かけらが足元に転がった。

硬い岩盤は、人が手を加えることを拒んだのだった。二人ひと組になり、昼夜三交代で一ヵ月、渾身の力を込めて立ち向かっても、掘り進んだのはわずか二七メートルに過ぎなかった。この先まだ五〇〇メートル余ある。祥太郎の苦悩も次第に深まっていった。

トンネル堀の増員をはかるべく祥太郎は、山を下って開拓組合長でもある村長とも相談し、北の新潟県から土工を呼びこむことにして県境を越えて山を下ったが、一人も見つけることができなかった。

開拓組合では、手を廻して経験豊かな菊池組、横川組の人たちに現場を見てもらったが、岩盤の固さに「これは……」と後ずさりした。「岩盤に穴をあけ発破をかけるのにも、削岩機が必要だと組の専門家がいっている。それにダイナマイトも必要だ……」と帰ってしまった。

岩盤はあらためて人の入るのを拒んでいる。削岩機を使えば、仕事ははかどることは分かっていたが、それらはここからは遠い炭鉱とか鉱山にしかないもので、手に入らなかった。

岩盤はまるで、ここが自分の地所だとばかりに、古代から微動だにせずそこに存在していた。

五

昭和二二年、戦時中の旧学制が廃止され、民主主義にふさわしく新たに六、三、三制が施行された。村にも新たに新制中学校がつくられることになったが、その校舎建設地をめぐってとんだ騒動がもちあがった。

豪雪地のことゆえ、校舎をどこに建設するかは大問題だった。村を二分する大騒ぎとなった。村が提案した新制中学校は一校だった。村のどこに建てても不満の声は出た。豪雪が冬の間の学校通いを閉ざしてしまう村にとって、少しでも近くにと思うのは人情だった。

村の幹部は、いずれの場所へも決め難く結論が出せなかった。

そんなとき、突如、「野々海」の飯場でコメの飯を食わせているとうわさがたった。

このうわさは村長以下をあわてさせた。誰がコメを流用したのか、詮索が始まった。山頂の工事は停止してしまった。

村長らに対する疑惑が村中に拡散し、警察の手が入ってきた。村長と小林助役、農林省から派遣されていた職員が拘留され、取り調べを受けた。

村長は辞職し、後任に島田寿平がなった。開拓組合長には上倉武男があとを継いだ。捜索は県の職員にも及んだ。

県地方事務所耕地課長の青木用人、技師の黒川忠雄が辞職した。派遣されていた技師職員も左遷された。

祥太郎も現場責任者として取り調べを受けたが、直接のかかわりがないことがわかり、数日して釈放された。

このとんだ騒動で工事は長く中断させられ、山に上るものもいなくなった。開拓組合の幹部たちも落胆し、半ばやる気をなくした。

いったい、告発者は誰なのか。男衆たちのエネルギーの素にと、せっかく工面算段したコメを告発するとは……。たしかにヤミ米には違いないが、村の百姓としてみればいかにも情けない。チマチマした話だった。融通して掻き集めた食糧であったことはみんな承知だった。「野々海」がやがて村にもたらすものを思えばこそ、との思いだったが、告発は、いかにも陰うつだったし、周囲に疑心暗鬼を生んだ。

校舎問題は尾を引き、任期途中の村議会を解散、選挙になった。しかし改選された議員の顔ぶれは解散前とまったく同じで、結局、村長が提案した村の中央部に建設し、その脇に冬期間だけ開く寮を設けて、そこに寮母を置くという折衷案で決着した。村長たちは、胸をなで下ろして農林省に工事再開を陳情しに上京していった。

農林省は一件落着を聴き、今年度の作業量を算定して築堤を認めた。

祥太郎はこの結果を受け、山頂の現場に戻った。久しぶりに一人、鑿を手に持ってトンネルに降りて行った。篠山浦太郎は飯場で事務を執りながら、薪を割って燃料の用意をするなどして、祥太郎を助けた。

祥太郎は、中学校校舎建設問題に決着がついたので、いよいよ下から男衆たちが上がって来るものと期待していたが、いつまで経っても、誰も山を上ってはこなかった。

一人、トンネルの奥で岩に立ち向かっていた祥太郎がひと休みするため、飯場へと戻って来た。

「お茶でもいれましょうか」と浦太郎は誘った。

祥太郎は「うん」と気の抜けた返事をし、浦太郎に向かって、

「誰もやって来なかったか?」

と聞いた。

「誰一人やって来なかったです」

「なぜなんだろう、問題はとっくに片がついたというのに。まだ何かこだわっているのだろうか……」

「私が思うには、今日誰が一番先に山に上っていくのだろうかと気にしているのではないでしょうか。いっずれそのうち上って来ると思いますが、ま、あれだけ沸騰してしまったんでは……、すぐにというわけにいかないんでしょう。狭い村のなかですから、隣り合う人に気を使って暮らしているでしょう。自分から率先して山に上っていくと、奴は最初からあっちだったのかと見られる……」

「ハハハ、そんなもんかな。それはとんだ取り越し苦労というものだナ。そんなことより、いまこのやりがいのある大きな仕事を完成させないと、水田の面積が増えないことだと思わないのかな。大きな損失になるぐらい、考えられべえ」

「その通りです……」

「ではなぜみんなは上ってこないのだ？」

「それ以上は分かりかねます……」

「ま、お前さんに聞いたところで仕方がないか」

祥太郎はにやりとするのだった。浦太郎も頬をゆるめた。といっていい考えが浮かんでくるわけではなかった。祥太郎は、じりじりした気持ちがせり上がってくるのだった。

「俺は、人を探してくる。このままでいてもしょうがない……、崖を下って新潟の浦田村まで行って知り合いに頼んでくる。留守を頼む……」

「はい」

祥太郎はそういうと、県境を越えて急な坂道を新潟県側へと下って行った。

六

祥太郎は浦田村に降りて村のなかをあちこちと歩き、土木作業をやってくれる人を探して回った。顔見知りに頼み、足を延ばして従兄弟の家にも立ち寄った。

しかし、ここらあたりからは山頂は遠く、すぐには誰も引き受けてはくれなかった。そのうえ、村内の騒ぎがこの村にも届いていた。祥太郎は落胆しつつも、誰かいそうな気がしてさらに知人に声をかけて引き返してきた。

「こうなれば総会を開いて、訴えを出すしかないな」

祥太郎は一人ごちながら、山道を上へと上り始めた。あいにく雷鳴がとどろき、そのうち雨が強まって背中を叩いた。菅笠を急いで被り、暗くなりかけた山道を急いだ。降り出した雨が豪雨に変わるのは早かった。足元を急な流れが走り出し、草鞋の足先を洗い始めた。従兄弟の家で雨宿りすべきだったと思ったが、もう遅かった。豪雨がさらに激しくなり、祥太郎を暗闇に閉じ込めてしまった。祥太郎は灯を持ってはいなかったが、仮に持っていたとしても、役に立ちそうになかった。

祥太郎は、豪雨の降りしきるなかを手探りで灌木や笹藪を探り、それを掴み、頼りにして道を上っていった。

しかし、いつか笹藪に手をかけたつもりが、外れて空を切り、あっという間に体が横に滑って宙に浮いた。ざらざらっと笹の葉音がした。祥太郎はそのまま十数メートルのがけ下に転落し、気を失ってしまった。

山頂の飯場で浦太郎は、祥太郎が雨がやんでも上って来ないのを気にしていた。時計を見るともう九時をまわっている。浦太郎は気がもめたが、どうすることもできなかった。夜闇で山道を下る危険に身じろぎし、気をもんで考え込んだが、時間が経てばたつほど不安が膨らんだ。浦太郎には何か恐ろしいことが起きている気がしてならなかった。浦太郎はついに一睡もできず朝を迎えた。

翌日、夜明けとともに浦太郎は県境に行って断崖の下を覗いた。断崖の縁に夜露の残る萱《かや》が群生しており、下は何も見えなかった。浦太郎はますます胸騒ぎを覚えた。

何も確認できないまま浦太郎は急いで引き返して来た。すぐにでも山を降りなければと思ったが、飯場を無人にはできず、ためらった。

陽が昇って、山を上ってきた者がいた。

上野重雄だった。

「お早うございます。騒ぎも収まったので、今日から仕事さして貰うべいと思って上ってきただ」

重雄はそういって、荒い息を弾ませていた。

「そうか。実は、ここの責任者の祥太郎さんだがナ、昨日、山を下って浦田村に出かけたんだが、戻らねえんだ。夕方には戻るといっていたのだが、あの夕立だろう、気になってるんだ」

「へー?」

「何もなければいいがと思ってるんだが、朝になっても戻ってこないんだ。俺は夕んべから気になってとうとう眠らずに待っていたんだ。こうしている時間も惜しい。急いで祥太郎さんの家に行ってこのことを知らせる。役場へも声をかけてくる。重雄どん、あんたは若いから浦田村の方へ探しながら降りて行ってくれ。浦田村の役場にも知らせてくれ、それが終えたらまず、ここに戻ってきてくれ」

「どこかで雨宿りしていればいいがな」

「それなら安心するけど、俺は胸騒ぎがしてるんだ。暗くなっての山道は、とても危ねえ。雨宿りできるところもねえ筈だ」

「うむ、分かった」

重雄は、「じゃ」といって県境に向かっていった。

浦太郎はそれを見送ると、自分もあたふたと祥太郎の家めがけて走り下っていった。

浦太郎は、息を弾ませて祥太郎の家の玄関に駈け込んだ。その顔にただごとでない様子を嗅ぎ取った妻の松代は、

「文彦っ」

と金切り声をあげた。

「昨夜、ここの旦那が浦田村に出かけたまま、戻って来ねえんだ。あの豪雨でナ、気になったもので急いで知らせにやってきただ」

浦太郎は、言葉もとぎれつつ、やっとそれだけ伝えた。

「昨日はここらでも雷が鳴って土砂降りだった……。それで？」

「そう、戻ってこなかったんです。土砂降りのなかを山に向かって上って来たのではないかと思ってるんですが……、俺、ともかくこれから役場の方に知らせに行きます。人を何人か出してもらって一緒に探しに行きますから」

「俺も行く」

文彦が上がり端を下りかかった。

浦太郎はその声を後ろに聞き、役場めがけて走った。浦太郎が役場に飛び込むと、

一斉に顔がこちらを向いた。

「祥太郎さんが……」

「ええっ？」

驚きの声があちこちから上がった。浦太郎の周りに人が集まった。

事情を聞いて農具を放りだし、野良から駆けつけてきた者もいた。隣村に分家していた祥太郎の弟米太郎の家へも使が走った。

「役場から、浦田村へ電話をかけたらよかんべ」

「無論そうする」

たちまち役場のなかは大騒ぎになり一斉に動き出した。消防組も呼ばれ、駐在所にも誰が伝えに行った。

「これから探しに行く、参加するものは弁当を持って一時間後にここに集まってくれ、遅くなってもいいような支度をしてくるようにナ」

それぞれが弁当を持って「野々海」をめざして上り、山を越して浦田村に降りていくことになった。県道を何人かが浦田村に自転車をこいで向かった。村人が大勢して山頂に到着したとき、そこには、先に山を下って行った重雄はまだ戻ってきてはいなかった。

人びとは、県境に向かって急ぎ足で行き、断崖の上までやって来るとそこから、一斉に、

「おーい、祥太郎っ、いるなら返事をしろー」

声を張りあげて祥太郎の名を呼んだ。

答えは返ってこず、空しく山はだに吸い込まれていった。

狭く急な山道は昨夜の雷雨で土が洗い流されて溝ができていた。

「おっ、危ねえ」

役場の土木の男が萱を片手にひっ摑み、転倒するのをかろうじてとどまった。

「途中で重雄に出っくわすと少しは分かると思うんだが……」

そういいながら、村人たちは滑る山道をそろそろと下って行った。

「いったい、祥太郎どんはどこにいったんべ？」

人びとは「祥太郎」の名を大声を出しながら下っていく。

が、それは空しく周囲にこだまするばかりであった。次第に誰もが胸苦しくなっていた。文彦の顔も青ざめたままだ。村人の顔には次第に疲労と憔悴の色が浮かんでい

た。陽が傾き始めた。

応援に駆けつけてくれた浦田村の男衆と村道で出くわしたが、情報を交換するどころかただ驚いているばかりで、何も得るものはなく、がっかりして別れて来たのだった。

その日、一日中手分けして探し歩いたが、ついに祥太郎の姿は発見できずに終わった。

「いったいどこに行ったのだろうか。……今日はこれまでにすべえ、足元が暗くなる」

人びとは、疲れ切った体を山道に向けてまた上っていくのだった。

夜も暗くなって文彦は、疲れ切った足を引きずって山道を下ってわが家へと戻って来た。

「見つかったか?」

文彦の顔を見た瞬間、松代が急いでそう聞いた。

「まだだ」

それだけいうと、文彦は家の上がり端に倒れ込んだ。

次の日も朝早くから村人は文彦の家に集まった。役場ではさらに人を増やして捜索に出た。浦田村の消防にも協力を頼み、手配は怠らなかった。

しかし、祥太郎のてがかりは依然として得られなかった。

いったい、どこへ消えてしまっただろう。祥太郎が浦田村を訪れたことは尋ねられた相手が証言してくれた。知り合いを尋ねたあと、山に向かったことは間違いなかった。雷雨のなかをどうしたのか。それから先は誰も姿を見ていなかった。

「なにしろあの土砂降りだったたものナ」

と声を落とした。

浦田村に下りる道は一本きり、迷うはずがないのに、と思うことは誰も同じだった。村人たちは、県境から下って浦田村に入る道筋を、念を入れて探して歩いた。

あくる日も一日、数十人がこれに加わって探し歩いた。にもかかわらず依然として祥太郎は発見できなかった。

次の日もまた、同じ道筋を左右に目を凝らしつつ丹念に探した。

数十メートルはある崖の真下に出た。見上げれば絶壁で剝き出しになった岩がせり出していまにもこちらに落下しそうに迫っている。消防団の島田がそのあたりの草むらを掻き分けて進んだ。と、剝き出しの岩のあたりへとさしかかって、「あっ」とそこに立ち竦んだ。

島田が息をのんで前方を見つめた。

草むらに隠れて紺の印袢纏の一部が見えたのである。近づいて男の横顔を見た。祥太郎だった。

島田は、大声で人を呼び集めた。

「ああ、こんな姿になって……」

続々と集まって来た人びとは、濡れてじっと動かない祥太郎の横顔に固唾をのんだ。一人ひとりが思わず手を合わせた。

すぐに担架が持ち込まれ、祥太郎の体は静かに担架に載せられた。

「あんな事件が起こらなきゃ、こんなことにはならずに済んだものを……」

と、重雄は遠く過ぎた事件を思い、涙をこぼしつつそう叫んだ。

居合わせたものはみんなしゅんとして、祥太郎のことを思った。祥太郎の載った担架は県道を進み、形ばかりの検視を受けたあと、自宅へと運ばれた。

覚悟をして待っていた松代だったが、濡れそぼった祥太郎に思わず体が震えた。涙が溢れ出た。奥の座敷へと運んで祥太郎の衣服を脱がせて裸にし、暖かいタオルで何度も何度も肌をぬぐった。下着からすべてを新しいものと取り換え、襟元を整え、顔をあらためてぬぐってから、

「お父さん……」

と声をたてたが、あとは続かなかった。涙がこぼれて頬を伝わった。

文彦もただ茫然として、それを眺めるばかりだった。

あくる日、祥太郎の遺体は水内小学校の体育館に運びまれ、そこで通夜が営まれた。村中から多くの人びとが集まり、祥太郎の遺影に焼香し、冥福を祈った。祥太郎を一人犠牲者にしてしまった村人は、胸の内にしきりに突きあがって来る悔悟の念を止めることができなかった。

あくる日の告別式には、さらに多くの人が集まってきた。焼香に参列した人びとは終始、無言だった。読経の進むなか、人びとは悲しみにつつまれた。祥太郎は、まだ五〇歳の働き盛りであった。松代は遺影の脇に着席して無言のあいさつを返していた。

開拓組合ではその後、祥太郎に代わって弟の北沢米太郎を工事主任に選んだ。米太郎は、請われて北沢家を継いでいたのだった。

文彦は工事が再開されると「野々海」に上った。

頂上に立つと、やや平坦なところに飯場が二棟建っていた。左右を見ると、山はだが削られ剝き出しになったところがあり、それが現場のようだった。椀状に広がる「野々海」を眺めていると、この水を田に引きたいと願う村人の気持ちがうなずけた。

文彦は、祥太郎が一人掘っていたトンネルの現場にも降りた。荒削りの岩の壁が目の前に立ちはだかっている。それほど奥行きはないが、トンネルの鑿の跡に父の体臭をかいだような気がした。

すべてはこれからだと文彦は思った。


着工以来三年。昭和二五年の秋、北沢工事主任らは、県地方事務所長あてに組合長上倉武男を通じて工事進捗についての報告書を提出した。

着工以来の工事遅延を報告したものだった。これ以上工事が延びれば、年度末には予算を削減されるどころか、下手をすれば打ち切りにされかねない事態だった。工事は難儀を極め、予定された工程の三分の二を残していた。雪が降るまであと二週間ほど、その間に計画されたところに到達するには一日平均八〇人ずつ就労してもらわねばならなかった。村では、部落長を集め、急遽「野々海開拓協力班」をつくって人集めに取り組んだが、なかなか効果があがらなかった。各部落長は、開拓組合長や工事主任の意を汲んで「山に上がってもらいたく、格段のご配慮を給わりたい」と緊急な訴えを配って歩いた。

これが効いたのか、各部落から一人二人、あるいは四人、五人と応じてくれた。しかし収穫時期と重なっており、来てはすぐ帰るのくり返しで、作業効率は上がらなかった。中学校設置問題の対立がいまだ尾を引いているとしか考えられないと、組合の幹部は頭を抱えるのだった。


「野々海」のすぐそばの第一号導水トンネルは、岩があまりにも硬く、なかなか貫通できなかった。工事主任の米太郎は、工事の進み具合を監督にやって来た県の指導係員にこの難渋をぶっつけて、妙案はないものかと相談した。彼らはこの方面に明るく、県下の土木会社にも顔が効くだろう。こういう現場に経験のある「土木工事組」をぜひ斡旋してもらいたいと頼みこんだ。

二週間ばかり経って、「信州土木組」を名乗る人たちが参加してもよいと返事をしてきた。彼らは発破の道具をそろえ、一〇人ばかりが山を上って来た。

初雪が舞うなか、彼らは、発破を仕掛けては岩石を砕き、双方から削岩機を使ってどんどん掘り進めた。一一月末、ついに導水トンネルは貫通した。祥太郎が夢に見ていた導水トンネルが完成したのだ。

米太郎は、やっとこれで兄貴に面目を施すことができたと涙を浮かべた。

トンネルの前で、祥太郎の遺影を文彦が胸に抱き、祝杯をあげた。着工以来、丸二年が経っていた。

米太郎はその夜、文彦とともに山を下りて山中家に向かった。仏壇の前に行き、祥太郎にトンネルが貫通したことを報告し、線香を立てた。

米太郎は、招じられた座敷で松代に「兄貴が念願したトンネルがやっとできたで、今日はその報告にやってきただ」とあいさつした。「これでもう安心だ。兄貴が一番気にしていたトンネルだったもんなー」と松代に告げた。

米太郎は、差し出された茶をすすり、松代に、

「文彦のことだが、学校を終えたら山の工事を手伝ってもらえないかと思ってな……。この村に住んでいる以上、何か役にたたねえとな。土方仕事は急には無理としても、山に上れば何かと仕事はある。現場ではいま人が足りなくて困っている……、ま、頭もちったあ、役にたてられべえ。わざわざ東京の学校に行っただからナ、その頭をよ

う、ハハハ」

「来年になったら学校も終えるから、何か手伝えることもあるでしょう。この村に生まれて育ったからには、何か恩返ししなくてはと考えていると思うよ。きっと手伝うでしょうよ」

と松代は微笑んだ。

「それは有難い、ではまあ、ようやくこれでめどがついたってわけだしな、これからいよいよ『野々海』だ。出口に堤防をつくる工事に入る。これも大仕事だが、これは土を運びこんで積み上げる仕事だし、トンネルのあの難工事よりずっと楽だと思う。ま、頼む。俺もこれが完成するまで頑張るから」

文彦は一瞬、米太郎の力の入った言い方に父の姿が重なった。

米太郎は、松代が湯呑茶碗に汲んだ冷酒をぐいとあおると、「じゃ」といって帰って行った。


次の年の春、村人は種まき、植え付けと忙しく、山に上るのが難しかった。

予定された期間までに工事を終えようと、米太郎は現場でハッパをかけていた。あ

る日の夕方、米太郎が松代を訪ねて来た。仏壇に手を合わせると、文彦に、

「工事が予定通り進まないとな、金は降りてこないのよ、山に上ってきてくれ」

と声をかけた。

大学を卒業し、「野々海」の工事に加わりたいと考えていた文彦は、父のやり残した工事を完成させようと、山へ上ることにした。

文彦が山の上に立って見ると、「野々海」へ注ぐ川の流れを塞ぐ六二メートルの堤防工事が進められていた。山の襞からからトロッコ軌道が敷かれ、山の土を運んでいる。下の方では、落としこんだ粘土をやぐらを組んだタコで入念に搗き固めている。親方が地固め専用の太い一メートル余の欅の胴に綱をつけ、

「よーいと巻けー」

と声をかけると、それに合わせて男衆が、

「よーいと巻けー」

と声をそろえて綱を引きおろして放す。突棒が音をたてて地上に落ちる。

文彦がその様子を見ていると、

「おーいちょっと代われ」

と声がかかった。

文彦が降りていくと、「小便だと……、代わって綱を持ってくれ」と親方が真面目くさっていった。文彦は、土工が手放した太紐を持たされた。

四方から一斉に綱を引いてタコを引揚げ、その手を放すとタコはストーンと土に食い込む。文彦には周囲に合わせて綱を引くのが難しかった。半日も持たずに音を上げた。掌に血豆ができ、掌の皮が破れてずきずきと痛み出した。傍らに腰をおろした文彦は、いまさらながらにこの重労働を淡々と続ける働きぶりに感心するのだった。

堤防は、底辺を幅広くとり、次第に狭めて三角定規を立てた形に積み上げていった。文彦はそれらを眺めながら、手にできた血豆を気にしつつ、いったん山を降りると米太郎に告げた。トロッコ数台が、休みなく山を崩して土を堤防予定地に運びこんでいるのを尻目に坂を途中まで下ってくると、男衆たちが大声で騒いでいた。近づくと、太郎右衛門の牛が湧水のなかに首から突っ込んで動けないでいるのだった。

導水用のヒューム管が二本、胴の両側にくくりつけられている。二〇〇キロはあるだろうか。牛の力を借りなければとうてい山の上まで運びあげられないものだ。

牛は、重量物を二本も背負わされて山道を上ってきたが、喉の渇きを覚えて湧水池の淵へ寄って行ったらしい。池の淵で前足を滑らせ、そのまま顔を水中へと押し込んでしまったらしい。

男衆が大急ぎで牛からヒューム管を外した。それが済むと、動かなくなった牛に四、五人の男たちが群がり、湧水池から引揚げにかかった。文彦もあわてて牛の尾をつかんだ。

「せいのー」と声を合わせて引揚げようとするが、倒れた牛は重く、胴体を荷縄で括って七、八人がかりで道端に引揚げた。

太郎右衛門は、牛の体をあたりの草でしきりとぬぐい、ぽたぽたと涙をこぼした。同行してきた仲間たちも茫然とたたずんでいた。

この事件はたちまち山の工事現場に伝わった。

「可哀想なことをしてしまった」

「で、太郎右衛門の牛はどうするのだ?」

「太郎右衛門には気の毒だが、その場で解体するか、そのまま埋めてしまうかだナ」

「本人に聞いてみべえ」

「うん……」

太郎右衛門の牛の溺死は祟りではないか、と早くも不吉をいう者まであらわれた。開拓組合では太郎右衛門の家を訪ねて不慮の災難として詫びをいい、組合が牛を弁償することにした、とあとで文彦は聞いた。

「これはおめい、いつまでもあんな道にしている農林省の責任もあるで……」

「そうさ。早く道路予算をつけてくれなきゃあとの工事が差し支える。だから早くしろっていってたんだ」

頂上で働いていた者たちは、口々に怒りを発した。人びとが無償で作りあげた道は、いくらか広げられたとはいえ、道路幅は狭いままであった。

重量物資材をこの道でしか山頂へ上げられないのは、危険が伴うことは分かりきっている。せめて牛の背中でなく、牛車が上る道が欲しいと汗を流しつつその危険性を常に思っていた村人は、怒りを隠そうとはしなかった。

七

ようやく堤防の形が整った。斜面も波浪によって崩されないよう、しっかりとこしらえられている。堤防の内側には湖底から石割を広く積み上げ、ダムは完成した。はじめは細い一筋の道だった。それを工事現場につながる唯一の道として、着工以来実に七年。人口三〇〇〇人の村に、夢がついに実現した。

どれだけ長く待たされたろう。ダム下の開拓部落では、できあがった水路の前で人びとがいまかいまかと水の来るのを待ちわびている。

と、目の前に枯れ葉を押してどっと水がほとばしった。人びとは思わず水路に走り寄り、勢いよく流れ下るダムの雪解け水をたしかめた。誰ともなく、

「おぉーっ」

と歓声があがり、手を叩いて祝った。

「ああ、これでもう、おらたちはコメを腹いっぱい食うことができるぞ、コメの心配は未来永劫いらなくなる……。万、万歳だ」

水は、できあがったばかりの水路を下ってそれぞれの田畑めがけて走っていく。人びとは目がうるませ、あきずそれを眺めつづけているのだった。

開墾地の春

誠二郎は今年で三〇を超して半ばに差し掛かろうとしているが、自分の身の振り方にまだ決めかねるものがあって迷っていた。

昭和の初めからの不況が自分のやるべき職業を決めかねさせていたのである。本来この土地の農家の二男、三男は、成人になっても田畑を分けてもらうことができず、小学校を終えると見習い奉公に出されて、その後はどこかの養子に入るか、運がよければ、習った商売の道に入るかである。商売も自分の好みであればよいが、大概のところ、野菜を扱うのに慣れた八百屋、漬物屋が多かった。

が、誠二郎の家では、先代に農家として分家を果たしたものがいて、また一人の叔父が下駄屋に養子に入っていた。その上の兄は乞われて佃煮屋に婿養子として迎えられていた。叔父たちは四人兄弟で、もう一人の叔父は徴兵されてシベリアに行った。ロシア革命によって誕生した社会主義ソ連への干渉・出兵であった。奥地に派遣されたが幸い無事に帰ってきた。

一旦徴兵されれば、命の保証はまったくないのが徴兵であり、いつそれが舞い込まないとも限らない。二、三男ゆえに命を軽々ともてあそばれるのだ。誰しも、早いところ一戸を構えてしまわないと……と思っている。一戸を構えることにより、主は戸主となって徴兵から逃れられる。そんな時代もあったのだが、こうしていつまで徴兵からの自由を貪っていられるかは不明だった。迂闊にでも逃れているなどと口にすることは、とうていできるものではなかった。たちまち疑いの眼がそそがれる。世間の眼は危険いっぱいだ。

誠二郎は、わずかの隙間の平穏を、黙って掻き抱くようにして生きていた。いつ進軍ラッパが鳴り渡らないとも限らない。びくついた生き方しかできない時代になっていた。誠二郎の本音は、早く分家して一戸を構えてしまうことだった。一旦、徴兵されると、その後もいつでも戦争に引き出される。村役場の兵事課がそれをしっかりと押さえているからである。身体に異常がない限り、見逃されることはまずない。

明治六年の徴兵制は、一戸の主人は徴兵から外されるとなっていたが、その後改正され、いまはもうそれはなくなっていた。

誠二郎は百姓の仕事が嫌いではなかった。米麦や野菜の生産には、雑誌『農業世界』が新しい生産技術や腕のある篤志家を紹介することに熱を入れていて、誠二郎はそこから学んだ。時どきは、先進地見学にも足を運び、一反歩の畑からいかに多く増産をはかるかと学んだ。そしてそれを実験して、紹介されているのに近い成果も得ていたのだった。近所の人からも「いいものを作るなあ」とほめられたことがあった。野菜も市場で好評だった。百姓でなら、なんとかやっていけそうに思えた。誠二郎は、町方に徒弟に入って商人になろうとする気が次第に薄れていた。

といって、百姓にも踏み切れなかった。昭和の不況は長く続き、農村を押し潰そうとしていた。農家の若い女性の身売り話が新聞をにぎわしていた。

誠二郎は切羽詰まりながらも、「百姓になる」と、その道を選んだ。

父親の源次郎も、いまや大黒柱の多志郎兄貴も誠二郎の決意に、「そうか」とうなずいた。誠二郎が、大木家の分家としてやっていくことに不安がないでもなかったが、誠二郎の自立を承知した。

農家の分家となるには、まず田畑を手に入れなければならない。妻を娶り一家として養うには一町歩ほど必要になるだろう。そこまで確保できなければ、後は冬場の出稼ぎでもするより仕方なく、その覚悟も必要だった。出稼ぎは、土木の手伝いか、遠く離れた工業地帯での臨時工だが、いずれにしても身体の丈夫さが勝負になる。幸い、誠二郎は身体には自信があった。

ともあれ、まとまった土地を借りるのがなによりと、誠二郎は夜ごとそんなことを考え続けていた。

　誠二郎が土地探しを始めたのは、畑の仕事が一区切りついた一月の末、原野に一面霜柱の立つ季節だった。

「おら方の村には土手に近いところにまだ開墾してなくて、萱が生えているばかりの広い土地がある」

　そう教えてくれたのは屋根屋の清さんである。彼は、荒川を越えた向こう側の農家である。彼らの土地は、夏の米作りと、自家用の野菜作りで、冬から春、農繁期に入る前まで、外に出て屋根屋稼業に精を出しており、その仕事が、農家の収入を補っていた。屋根屋は、大きな蟹の鋏のような恰好をした木鋏一丁と、屋根に押し込む萱の尻を叩く「羽子板」があれば仕事になった。気心の知れた者同士が一つ組を作って、家から家へと頼まれていき、屋根の修繕や葺《ふ》き替えをする。どこそこにいい年ごろの娘がいてなどと、村の事情にも詳しい。その懐の裕福さにも通じていた。

　清さんの話では、萱野の原野になっているところは約一町歩、平らな土地であるという。原野は萱のよく育つ一帯として知れ渡っていた。萱は、毎年冬になると刈り取られ、屋根の葺きかえ材料として売り払われる。萱は強い宿根を縦横に伸ばしており、開墾に手間がかかるので借りる者がいなかった。

「あすこなら、開墾するにはちょうどいいところだ。ただ、数年に一回水が出る。それさえなければ、いい土地だで」

「そうか、そんなところしかないのか」

「いいはずのところはみんな誰かが耕しているよ。誰も手間を食うので嫌がって、あすこだけが萱野で手つかずに残されてるんだ」

「そうか」

「あそこ以外にはもうどこにもねえぜ？　あの辺りじゃあ、荒川の堤防ができて、内側に住んでいたものは全部外に出させられたよ。耕地もみんな小さくなっちまってなあ」

「そうだってなぁ、その萱野を持っているのは誰かね」

「やってみようって気になるかい？」

「俺もよう、いつまでも兄貴の家に居候してるわけにはいかねぇし……、歳だからな、ひとつ聞いて見てくんねぇかい」

「ははははそうかい、地主は、少し奥の台地に住んでいる。じゃ、そのうちに聞いてみてやるよ、あそこも俺のお得意だから、多分話は聞いてくれるだろう」

清さんは地主の家を尋ねていってくれた。話はうまくすすんで、誠二郎は、借りられるとの清さんからの回答を得た。清さんの都合のいい日に案内してもらい、二人で地主の家を訪問した。

地主の家は、高台の樹林にかこまれた大きな屋敷だった。

「ここには毎年、仕事をもらっているんだよ」

清さんはにこりとして屋敷内の敷石を踏んで玄関に近づいた。

声をかけると、地主の大宅錦五郎が顔を出した。玄関先で上がり端に立ち誠二郎の顔を眺めて、

「あんたがあそこをやってみたいというのかね、本当にやってみたいというなら貸してもいい、ただいい加減で止められてはこちらが迷惑だぜ」

「はい、それはもう。私も大木家の二男として自立しなければいけないと思っているところなので、なんとかぜひお願いします」

「そうかい、その覚悟なら、貸してやってもいい……」

錦五郎は、あそこが畑になり、作物が穫れたら地代をもらうことにすると快諾してくれた。誠二郎は胸膨らむ思いで帰ってきた。

誠二郎は年があけて一人、萱野へと向かった。自転車を飛ばして萱野にやってくると、刈り取った後の萱の茎がするどく地上に突き出ていた。注意深くその場所に立つと、足元で霜柱が硬い音をたてて倒れた。さわさわと地をわたって風が通り、冷気が清次郎の身体を包んだ。初春が過ぎて間もなくのころは、こんなもんだろう。誠二郎は思わずぐっと生唾を呑みこんだ。

地中には萱の根がびっしりと張り巡っているだろう。そんな気がした。誠二郎は萱野のあちこちを歩いて確かめた。予想した通り、充分な肥沃を含んでいそうだ。

それから二週間が経ち、誠二郎はいよいよ開墾にとりかかった。暮れの「市」で品定めした金のするどく光る長い円匙を自転車にくくりつけ、気持ちを奮い立たせて萱野に立った。刃先が長くするどい円匙は、持つと手応えがあった。萱が刈り取られた跡へ、渾身の力を足先にかけ、円匙を一気に踏み込んだ。太い萱の根がプチプチと千切れる音がした。両腕に力をかけ、円匙に山盛りになった土をひっくり返すと、白っぽい泥鰌のような根がそのまま、塊となってくっつき離れない。誠二郎はそのまま向こう側へ土を投げつける。誠二郎が、太い腕で一つすくえば、それだけ新しい耕地が目の前に生まれた。やがて小一時間、調子よく作業を続けた誠二郎は、ぐるりと見渡し、一息入れた。一坪ほどの土地が目の前に広がり、誠二郎はやや満足した。

誠二郎は、一枚だけ持ってきた茣蓙を開墾したばかりの隣に広げて腰を下ろした。そして、耕地と呼ばれる面積に達するのにどれくらいかかるものか、思いにふけった。誠二郎は、自分の身体の動き一つ一つがここにあらたな生命を吹き込んでいるような気がした。そこからやがて野菜や穀物の実ることを夢見て、一人ほくそ笑むのだった。

誠二郎は円匙を使って耕地を広げていった。次第に身体が熱して、玉の汗が噴き出した。意気込んで萱野に乗り込んできたものの、単純な仕事は骨身に応えた。誠二郎一人の奮闘では、開墾面積もなかなか増えていかなかった。誠二郎は昼になると弁当をあけ、水筒の水を呑むと茣蓙のうえにひっくり返った。

これからどうなるのだろうか。昨日までの、生家での安穏とした日々から俄かに一人の男として独立を果たさなければならない。どっと疲労が全身を覆っている。幾分温かみを増した陽の光に身体を伸ばし、眼を閉じた。えさでも探すのだろう、チチと短く小鳥の鳴く声がどこからか聞こえて来た。誠二郎は、そのままうとうととした。

一時を寝て過ごした誠二郎は、やがて身を起こして節々が痛む身体を伸ばし、ふたたび大地に向かった。夕方、家に戻った誠二郎はもう、くたくただった。

「どうだ、はかどりそうかい」

兄の多志郎が聞いた。

「なかなか大変だ……」

漏らす言葉に力が入らなかった。覚悟を決めて言いだしたことでもあれば、誠二郎はそれ以外の感想が出てこなかった。

「そうか、そのうち、俺も行く……」

多志郎は、誠二郎の開墾が早く済むよう気を揉んでいた。女姉妹が多いなかで誠二郎と二人だけが男で、気になって仕方がないところだった。

「そんなに大変なら誰か頼むとするか?」

父の源次郎がそばでいう。

「うん、そうしないとなかなかはかどらねぇ……」

「春の作物を植えるまでに畑ができたらいいが……」

「萱野だからなー、作物っていったって、さし当たってジャガイモぐれえのものだナ」

「これからやって一反（一〇アール）も起こせればいいが……」

「萱の根が土中いっぱいだ。土が乾かねえとそれを振るって取り出すこともできねえ」

誠二郎が訴えるようにいう。

「手間がかかりそうだな」

兄の多志郎がいう。

「砂があるところは早いと思うが、粘土のところはなかなか乾かねえと思ってる」

「うん、そうだんべナ……」

兄の言葉も沈む。

開墾に他人を雇うのは、自分でいいだしていながら源次郎が難色を示した。手間賃を払わなければならないだろう、その出費が怖い、というのだ。百姓の収入は年一回きりだから、臨時の出費はできるだけ抑えたい。財布を握っている父親としては当然だろう。

「弥一郎叔父の倅はどうだ、半季でやってもらったら……」

多志郎がいう弥一郎は、分家した源次郎の弟のことだった。

倅はまだ一七歳、小学校を終えてからずっと家の農業の手伝いをやっていた。機嫌がよければなんとか手伝ってくれるだろう。

「うーん、やってくれるかどうか」

多志郎の提案に父親は曖昧にいうのだった。

「やりだしたら仕事だ、目処が立つところまでやってもらわねえと」

多志郎が誠二郎の味方をしていった。

「じゃあ聞いてみべえよ」

翌朝、源次郎は弟の家に出かけていった。

一人では、はかがいかなかった開墾も三人になるとそれだけ早くなった。開墾された面積は次第に広がり、どうやら畑らしくなってきた。

萱野を開墾する仕事は黙っていても周囲の好奇心をかき立てていくものだった。近所のまだよく覚えてない顔の老婆が一人、杖を片手にぶらりとやって来た。畑を眺めまわして、

「ずいぶん珍しいことを始めなすったじゃあねいですかい」

といった。

誠二郎は手を休めて、顔の汗を拭ってから、

「ああ？　百姓の弟倅は、こんなことでもしねえと……、食っちゃいけねえと思って」

「ああ、そうかね。今時ずいぶん珍しいと思ってよう……」

「そうかね」

「だって、いまおら方のものはヨ、みんな川口辺りの工場に出ているだヨ。いま百姓だけじゃ食っていけねいべ。鋳物工場に行ってるだべ」

「そうかね。それもよかんべナ」

「ここを起こしてなに植えるだね」

「ジャガイモでも植えようかと思ってな」

「そうかね。だがよう、この辺りはときどき水が出るだ……、大丈夫かい？」

「そうかね」

誠二郎は、眉を顰めた。

「おら方ではみんな、見た通り、土盛りして家を建てるだ。洪水が出るだよ」

「それはここの地主からも聞かされてきた」

「それでもまあ、やってみるというのかネ」

「でも、毎年出るわけでもなかんべ?」

「まあ、荒川の堤防ができてからは、毎年出るわけではねいけど、でも気をつけねいとせっかく植えたものが、全部腐っちまうこともあんべよ」

「そりゃあそうだが……、その時は諦めべえ」

「そんならいいけどナ」

暇を持て余しているらしい老婆の話は、なかなか止みそうになかった。

むろん誠二郎は洪水が頭にないわけではなかった。二、三年に一回か、四、五年に一回か。危険は覚悟のうえだったが、老婆に改めていわれると、あまりいい気はしなかった。

誠二郎は予定した通り、最初の作物としてジャガイモを植えることにした。

というのも、砂を幾分含んだ粘土質の土は自力がありそうに見えたからであった。

ここで毎年、背丈を超えて伸びあがる萱草は、台風の強風にもびくともしない強靭な草で、晩秋、霜の降りるころには、もう人間が膝にかけて押し曲げようとしても、竹のように硬く反発する程強くなる。そのうえ雨風にも強く、長い期間、屋根のうえで耐えることができる。屋根を葺く材料としては恰好であった。萱は、やや湿り気のある肥えた土地でよく育つ性質で、水を恐れないし他の雑草にも負けることなく育つ。その土質を誠二郎は期待していた。

「なにを植えるだね」

老婆はまた聞いた。

「まあ春だし、ジャガイモでも植えんべえと思ってな」

「そうかい、それならよかんべ」

老婆は自分のことのように納得したらしく、やがて来た道を帰っていった。

誠二郎は天気さえよければ連日やってきて天地返しし、できた畑に万能を突き立てて萱や葦の太い根を取り出すのに精を出した。

ひと掻きすれば太い茎の根が両手にあまるほど取れ、それを畑の外に放り出す。単純だがなかなか骨の折れる仕事で、手のひらはひび割れ、カサカサになった。草の根は小山のように積み上がった。

「これほど多いとはなあー」

想像以上に多くの草の根が出て来ることに、自分でも驚き入った。

春になれば、どこでも農家は忙しくなる。むろん、麦畑にさく切りして土寄せの仕事に精を出す兄貴も忙しくしているが、そこを、一日でも二日でも来てくれないかと、頼むばかりだった。

やがて、五アール余の耕作地ができあがった。誠二郎はさっそくジャガイモを植えた。ジャガイモの種は、農協の前身である「産業組合」から取り寄せた。

元肥えを施さなければならなかったが、父の源次郎がケチって硫安などの化学肥料を購入することができず、そのまま植付けることにした。不満はあったが、春先のことで源次郎に銭はなかった。誠二郎には自由になる金がなく、鍬一丁、万能一つ、すべて家にあるものを借りた。家から通うための自転車だけは父の中古品をもらった。

誠二郎は住まいを必要とした。源次郎が工面して古材を集め、耕地の隣にバラックを建てた。むろん、畑の地面より土を盛り上げるため、一週間ほどかかった。誠二郎がここに定住するためには、なにからなにまで集めなければならなかった。耕作に必要ないろいろな道具のほか、穫れた穀物を庭で乾燥させるために敷く莚を数十枚、兄貴の家からリヤカーで運んだ。風立てするために必要な唐箕はその日だけ、近所の農家から借りてこなければならなかった。空俵なども調達しなければならなかった。

誠二郎は、自分だけが食っていければいいと考えてやってきたものの、そこで生活していくということが想像したよりも簡単ではないことが分かった。締め付けられる程の身体の疲労といい、まだ不安の種が身辺にいくらも播かれているように思えた。それに、いままでのところ来ていない「赤紙」への不安が誠二郎に付きまとってもいた。誠二郎のはるか年下のものたちが、二〇歳の徴兵検査に出て行っている。誠二郎にきていないからといって忘れられていることなどない。幸いだと安心していられるものではない。戦争が激化すれば、すぐにでも回ってくるだろう。兵隊になればいつ、戦地にかり出されるか分からない。死は、不思議ではなく予定されているのだ。

誠二郎は、農家として自立していくために、妻を娶って身を固めておこうと考え始めていた。この国の徴兵の歴史は、長男は「赤紙」から逃れられた時代があった。明治、大正時代には、分家を果たした農家の二、三男が戸主となったことで徴兵から外された者を何人も知っている。しかし、いまやそうはいかない。大陸での帝国陸軍の動きが伝わってくるが、どうも奥地へ奥地へとすすんでいるようだ。

誠二郎は、屋根屋の清さんの口利きで、この村の娘・はるを娶ることにした。

はるは最初、荒れ地を開墾する誠二郎と一緒になるのを拒んでいるらしかった。しかし、「そんなことをいってばかりいないで自分の年齢を考えろ」と親の一言で、見合いの話が決められた。はるは誠二郎の顔をちらっと眺めただけで、あわただしく結納や婚礼の日取りが決められた。はるは心細いままに、誠二郎のバラックに嫁いできたのだった。

バラックには電燈がなく、石油ランプ一つだけの生活だった。飲み水も、誠二郎が桶をかついで吹き井戸のある農家から運んでくるのだった。

遠方の農家から、朝の空気を震わせて雄鶏が「コケコッコー」と時を告げる。それが時計代わりだった。はるは起き上がって、ごつごつする足元の粘土を踏んでかまどを焚きつけた。

こうして誠二郎の新婚生活が始まった。畑のジャガイモも芽を伸ばし、それと同時に地中に残っていた萱の根からも一斉に芽を出してきた。誠二郎は鍬をかついで畑に入り、畦に伸びあがる太い芽の雑草をたち切って歩いた。

誠二郎は雑草退治に精を出したが、二、三日するとたちまちまた生えて来る。雑草は洪水のなかでも生き残っている種類のもので、ジャガイモの茎にからみつつ上っていく。無言のうちに、ジャガイモの葉柄を乗り越え、天下を睥睨するのだ。放っておけば、ジャガイモはその下に押し込められて窒息させられる。強靭でいやらしい名も知れぬ雑草が、俺の棲息地を荒すなとばかりに繁殖している。

誠二郎と、はるはこの種の雑草退治に精を出さねばならなかった。六月になると梅雨の季節になった。雨は連日のように降り、粘土質の畑はそのままそっとしておかねばならかった。一旦人間が入り込めば、粘って固まり、粘土そのものになってしまう。野良道もそうなる。裸足の両足に絡みつき、指の間からヌルリと顔を出す。誠二郎は足に絡みついた粘土をこそぎ取り、足を洗って家にあがった。

「なかなか止まねえな」

独りごち、改めて家のなかから空を覗いた。

次の日の朝、履きものを探そうと何気なく台所の土間を覗いたはるが、

「水が出ただぁ」

と素っ頓狂な声で叫んだ。足元にじわじわと水が入り込んでくるのに、誠二郎もあわてた。

「こりゃあ、参ったな。早く天気があがらないと、ジャガイモが腐ってしまう」

誠二郎は腕組みをして障子際に立って空を仰いだ。

容赦なく降り続く雨は、次の日になっても止まなかった。
四、五日してようやく陽が射した。
濁った洪水は音もなく、誠二郎の家の周囲を覆い尽くしている。辺り一面そうだ。

覚悟はしていたものの、どうにもならなかった。

「ジャガイモ、大丈夫かな」

「ダメだ。この分では腐ってしまうだろう」

見渡す限り、一面の濁水は音も立てず、少しずつではあるが引いていくかに見えた。

二人はどこにも行くことができず、ただ庭先の濁水を眺め続けた。

「いるかあー」

遠くの方から男の声が聞こえた。

誠二郎が、ためらっていると、また「おーい、大丈夫かー」と声がする。

と同時に、小さな渡し舟のよう船がこちらに近づいてくる。近所付き合いをしている源太らしい。誠二郎は立ち上がって、

「おーい」

と返事をし、源太に見えるように、障子を摑んで身を乗り出した。

船は浅瀬に乗り上げて停止し、源太はざぶざぶと濁水のなかをこちらに向かってきた。誠二郎も尻をまくってそれを出迎えるべく、家から外に出て行った。

「いやあ、ありがてえ。わざわざ来てもらって」

「はじめてだんべ、こんなこと……なんだったらおらの家に来ないかい。そのうちにゃあ、水も引いてくるだんべ」

あまりあわてない声が、二人をやや落ち着かせてくれた。

「やあ、とんだ世話をかけて。済みません。まだ増えるかね水は……」

「雨が降り続いたからな……。大土手ができてから、この辺りは排水がうまくいかなくなってしまっただヨ。困ったもんだい。早く水門を付けてくれるように頼んではいるんだが、なかなかはかばかしくいかねえ……。じゃ戸締りしてようぅ、おらが家に避難するんだ。船に乗っていかねいかい。多分一日か二日経てば、水は引くだんべ……」

「いや、それはありがとう。この御礼は……」

「お互いさまだぁね。昔はこうではなかったんだ。荒川は氾濫することは分かってるだろうから、みんなその用心はして、高く盛り土していただ」

なるほどと誠二郎は思った。

「しかしこの辺りにはたいした河川もないだろうに、どうして水がやって来るんだね」

「つまり上流で降った雨が、自然とこの辺りの低地に向かって流れて来る。昔からそうだった。だけど堤防ができる前は自然と荒川にそそいでいたんだ。それが止められてしまったんだ。村では排水ポンプを付けてくれと何度も陳情しているんだが、なかなか埒があかねいんだ」

誠二郎は「うーん」といったきり、言葉が続かなかった。そして、少なくもこの辺りの百姓は先祖代々その家に住み着いている、と改めて感心した。

「これで村の二、三割の地域は洪水に見舞われている。田んぼの家は少々の出来でも平気だが、畑のものはダメだな」

源次郎は言葉がなかった。改めて落胆した。

洪水は音もなくやってきて、二、三日過ぎると覆っていた村落の周辺からいなくなった。畑にある水が引いていったのだ。しかしすぐには畑に入れる状態ではなかった。気温があがってむしむしするなかに、畑から、ジャガイモの腐ったにおいがこちらまで漂ってきた。ジャガイモはとろけて全滅になるだろう。

誠二郎は畑に入り二、三株ジャガイモを引き抜いて見た。いまにも芋の中身がとろけて落ちそうだ。誠二郎はその場に腐れかかった芋をすてた。誠二郎はその場に立ち尽くし、腕組みをしてどうにも諦めきれない出水に自然と涙がこぼれた。

「腐ってダメだんベナ」

いつの間にか家から出てきたはるも、誠二郎のそばに立って口を添えていう。はるにそういわれると誠二郎はいっそう悔しさが溢れて涙がこぼれそうになった。しばらくして「仕方ねぇなぁ」と口のなかでつぶやいているのだった。

誠二郎は、真夏から秋に向かってなにが穫れるだろうと思案した。せいぜい蕎麦かモロコシ、きびなどの雑穀類しかできないだろう。それだって種子を探してこなければならない。誠二郎は思いついたように実家に向かった。

洪水だと聞いて、

「コメはあるか、食い物はあるか」

と母が聞いた。誠二郎は、

「ねぇ……」

とただ一言答えた。

「じゃあ、コメを持っていけ」

源次郎がいった。

「そのほかになにか足りねえものはあるかい」

母が聞いた。

「富山の薬が欲しい。腹いたとか、風邪とか、膏薬とか……」

「いま迄になにも持っていってなかったか」

「うん……」

力なく答えた誠二郎は、ここにやって来る前から身体の疲労が取れなかった。

「じゃあ、用心のために持っておいた方がいい」

母のよしは富山の薬箱を部屋の箪笥のうえから持ってきて、あれこれと漢方薬などおよそ半分程摑みだして新聞紙にくるんだ。

「そんなに」

源次郎は傍らでいかにも惜しいという表情である。

「一年分と思えば、いいじゃあねいか」

よしは、源次郎のしなびた顔を眺めやり、そういい放った。そして、

「コメがなくなったら取りに来な……」

と口を添えた。

その年の秋までに、ジャガイモの後に播きつけた蕎麦、粟やきび、モロコシの類が穫れた。が、それらはいくらも銭に替えられなかった。ほとんどがニワトリや家畜のえさになるもので、たいしたお金にならなかった。

誠二郎はその雑穀を、コメと一緒に炊いて食った。コメが欠乏したとはいえ、無心するには兄貴の手前、気を使わないわけにはいかなかった。

次の年の秋また洪水に見舞われた。今度は台風の余波で、村の半分は水没してしまい、誠二郎の家は胸の深さまで達して、家は危うく流されそうになってしまった。

村では今度の水害が村の半分を水没に置く大水害になったのを重く見て、県や国に対して荒川の堤防に排水のための水門を早く付けてくれと陳情した。

水は遠く秩父山塊から流れ出したもので、蕨から戸田への中山道の道筋に流れを遮られ、下流の平野にあたるこの辺り一面に溜まり水が一気に溢れてしまうのだった。

とくに誠二郎の開墾地一帯は部落のなかでも知られた低地だった。胸の高さまで水か

さが及んで、誠二郎は、押入れのうえに布団類をあげてしのいたが、危うく家ごと流されそうになった。

誠二郎らは、ふたたび源太の舟に出迎えられて、難を逃れた。

「なんて恐ろしいところだべナ」

助けられてはるは、顔を青く引きつけらせてそういった。

水が引くと、やや上流のはるの家から兄が自転車を飛ばして様子を見にきた。

「大丈夫か?」

はるの兄は手に下げた三升ばかりの米袋を手渡すとそういった。

「兄さん、こんな土地じゃあしょうがねえだよ。生きちゃいけねょ」

はるのいうのも、もっともだった。

一回ならまだしも二回も立て続けに洪水に見舞われては、さすがの誠二郎も音をあげていた。

自然災害とはいえ、荒川の堤防に水門があればこれは避けられたはず。これは俺一人の災害ではない。

「どうにかならないものか」

度重なる水害に、誠二郎は、村の役場を訪れてそういった。

「幾度も県から国に向かって陳情しているのだが、一向に進捗しねえだ。村としても大損害だ。田んぼのコメが穫れなくなっちまうのが心配だ。供出どころでなくなる……いま村長はじめ村の重鎮どころが県と一緒に建設省に行っている。なんとかいい返事が出してくれりゃあいいんだが……」

「俺はこの村に分家してやってきただが、こう度々じゃあほかに行くべいかと考えてるところだ」

「ああ、あの萱野を起こした誠二郎さんですかい」

「そうだ」

「それはどうも……お気の毒で……見舞金でも出せりゃあいいんですけど」

「なんとか手を打ってくれなきゃあ、俺は出て行くつもりだぜ？」

「ま、いま、村から陳情している最中だから、もう少し待っていてくださいよ」

「そうかい、少し様子を見るか……」

誠二郎はまだ乾ききれぬ村道を自転車を押して引き揚げて来た。

しかし、開墾地の家には戻っていかず、その手前の、はるが身を寄せているはるの実家に立ち寄った。家の周りも水田もまだ水が引かず、稲の半分は水中に没したままだった。

誠二郎は、水の恐ろしさをいやというほど味わわされ、命拾いし救われたことにほっと安心したものの、改めて恐怖心をかき立てられていた。はるの兄の慰めにも、虚ろに聞き流しているのだった。

ようやく水が引いて村道も乾き、実家から、誠二郎の兄がまた様子を見に自転車でやってきた。

「ひどいものだったなあー」

と嘆息一番、自転車からコメの袋と味噌などの調味料を降ろした。

「ありがとうございます、兄さん」

はるも出て来て頭を下げた。

「畳もなにもダメだなぁー」

家の壁には床上三尺のところに、洪水の跡の横線が付いていた。

「たきぎがなくてお茶もわかせねえけど……」

はるは弁解した。

「いいよ。布団など大丈夫だったか」

「危なく水没するところだったが、押入れのうえの段にあげておいたから大丈夫だった。……でも、こんなにあがるとは思わなかった」

畑のあちこちから、太陽に暖められて盛んに水蒸気があがっている。土が干上がるのはまだ先のことになるだろう。

前の水害の時は雑穀の種をまきつけたが、秋に入ってからではせいぜい蕎麦を播きつけるぐらいだろうと、誠二郎は水に没した畑を眺めた。コメもたぶんダメだろう。悔しさだけが残った。水田は、家の東隣の開墾地の土をはると二人でリヤカーで運びだし、水田としたものだった。側に掘り抜き井戸を掘ってもらい、噴き出した水を用水として稲を植付けることに成功したものだった。それがすっかりダメになりそうだった。

誠二郎は、改めて洪水の恐ろしさを突きつけられているのだった。

水が引き、一ヵ月がたったころ、ようやく畑の土が乾いてきた。二一〇日が過ぎ、誠二郎は冬野菜の漬け菜や白菜、ホウレンソウなどを播きつけることにした。冬野菜を作って市場に持っていけば、八百屋が買っていくだろう。日銭にもなる。これを今年最後の作物として、やる気を起こしてとりかかった。誠二郎には自信があった。荒れ地であったが、洪水のおかげで土は肥えていると踏み、それならばと意気込んで作付けしたのだった。

兄が馬車に乗せて下肥を運んでくれた。誠二郎は、それを育ちかけた白菜の畝に杓子で流し込んだ。冬近くなるころ、白菜は畝いっぱいに肥立ちして、見る者の眼を見張らせた。冬は、この辺りでは出稼ぎに出て行くものが多く、野菜作りは得意ではないらしい。誠二郎はその年の農産物品評会に出品した。審査の結果、みごとに特等に入った。

市場にも出荷したが、八百屋の人気も上々で、出荷するごとに市場のセリ人が笑顔で迎えてくれた。

誠二郎は暮れになるまでに自家用に残したほか、全部を市場に出荷して、ようやく愁眉を開いた。いま迄は親からの援助があって生活ができていたが、今回は、ようやくそこから脱しきれそうだ。そんな気がしていた。水門に続く小さな河川も、幅を広げ改修される予定だった。

誠二郎の開墾地は、ようやく日差しが舞い込んで来たという感じを抱いた。これからはやっと安心して農業ができる。誠二郎はそう思った。

はるにも子どもができたようだ。

次の年の秋、はるは長男の健をおぶって実家に行った。秋祭りの日で、近くの神社から盛んに祭囃子が聞こえた。夕方仕事を終え、誠二郎も自転車で駆けつけた。境内でははるの母親が重箱を風呂敷に包み、先にはる親子親子が神社に出かけた。境内では祭殿の前に広く莚が敷かれてあり、神楽殿の前に杭を打ち込んで竹の棒をくくりつけ、舞台に向かう通路にしていた。

はるは、誠二郎が見つけやすいようにとなかごろの通路側に場所を取り、莚のうえに腰を下ろした。夜の帳が落ち、祭囃子が盛んにはやし立てたと思うころ、社の仮舞台が一旦、静かになった。村の長老が、いつものようにつっかえながらの挨拶が終えると、拍子木が鳴って、いよいよこの夜の出しもの「奥州先代萩」の芝居が始まる。

ベンベン……と重く三味線の音が響き、舞台のうえでは顔面を真っ白にぬりたくった男役者が腕を振りあげて見栄をきり、女役者が下からそれを見上げて、身体を揺すって芝居を盛り上げていく。古い時代への郷愁へと見物衆を誘いこんでゆくのだ。

そうしている間にも親子は、持ってきた重箱が気になっていた。孫の健がそれを急がせ、はるの母親が、それを察して風呂敷をといている。

重箱から、甘ったるく匂いが発散して鼻をくすぐる。

どこの家からも芝居見物にやってくる人たちは、大概のものがみな重箱など抱えて桟敷に入って来る。舞台の役者は人々を熱中させるべく、声を張り上げて熱演しているにもかかわらず、その下の桟敷では風呂敷の紐をといている。あちこちで持参したいなり寿司をパクパクとやり始める。大人の見物衆はいつもながらの出しものをそらんじているらしく、その進行はあまり気にもかからない様子で、持ち込んで来た弁当を平らげようと頬張っては、ときどき舞台を見上げているのである。はるは誠二郎がなかなかやって来ないので、ときどき入口の方へ眼をやっていた。

誠二郎は、芝居の一幕目が終わるころ、暗がりのなかをきょろきょろしながら入ってきた。

「遅かったじゃあねえ」

はるが問いかけるのに、

「ああ、よろず屋にたばこ買いに寄ったのよ」

「さあ、ここへどうぞ」

誠二郎は、頭を下げ、はると並んで腰を下ろした。

「さあさ、いま始めたところだネ。たんと食べてくんな」

はるの母親は、誠二郎に向けて重箱を押した。

夜は次第に更けてゆき、芝居は何段目の幕があがり始めた。誠二郎は重箱のいなり寿司を腹一杯に詰め込むと、芝居はどうでもよく、もう、眼を開けているのが辛くなってしまった。少しばかり身をよじってそこに横になった。

夜が更けてゆき、社殿の空に星がきらめいている。身辺に冷えも感じられてくると桟敷の見物衆は少しずつ立ち上がって桟敷から出て行くのだった。誠二郎らも立ち上がって家に向かった。

「泊まっていきなせえ」

はるの母の一声で、誠二郎は、いつになくはると一緒にそちらに向かった。連日の畑仕事が、誠二郎の身体に疲労を蓄積しているのだった。

戦争が終わった。

ほっとするのも束の間、人々は食べるものを求めてさまよった。政府は、コメや麦、芋などの食料を配給制にしたが、遅配、欠配は常態だった。村には都会から買出しがやってきた。

しかし、農家とてあまっているわけではない。自分の家の食い扶持はなんとしても確保しなければならなかったし、コメや麦の供出が強いられた。自家の消費分も持っていかれそうな要請がされた。コメや麦は年一回しか収穫できず、増産しようにも肥料は電力不足とかでなかなか配給されず、手を拱いていた。

その隙を突くように、人々は空いている土地という土地を見つけては開墾し、畑にしていった。村を大きくかこむように走っている堤防の内側に、人々は争って入り、開墾に励んだ。誰もそれを不思議に思わなかった。

誠二郎は、堤防の内側が洪水によって完全に水没することを知っていたので、そこまで手を出すことはしなかった。が、村のなかでは村道の両側のへりをけずって畑にする者まで現れた。食料を求めて、蛇や食用蛙にも手を出した。野犬もいい「牛肉」に化けた。農家の納屋につないである牛が盗まれる事件もときどき起きた。牛は人を恐れず、鼻首を長く伸ばして、のっそりと姿を消した。農道に足跡も残さなかった。家の者にも気づかずに連れ去られた。広い河川の雑草の生い茂ったなかで解体され、上等の肉として売られるのだった。

誠二郎は、米麦の増産をはかりつつ、粟や稗、モロコシなどの雑穀も増産に励んだ。それら雑穀を毎日のように買出しにやってくる商売人に売った。コメも闇で売り捌いた。誠二郎はそれらの金でようやく脱穀機や耕耘機などを買い、どうやら一人前の百姓の姿になっていった。

混沌とした時期を過ぎると、農業の仕事は順調にすすんだ。

誠二郎は夕方、村に一軒だけある「よろず屋」にたばこを買いに自転車で出かけることがしばしばあった。よろず屋は、荒物のほかに醤油、酒、焼酎なども売っており、夕方になると職人などがいっぱいひっかけにやってきた。よろず屋は情報交換の場になり、立話に花が咲いた。

戦争が終わったある年の秋深く、街中で、農産物品評会が開かれた。誠二郎も白菜、ネギなどの時季の野菜農産物を出品した。審査の結果、誠二郎の野菜類はみごと入賞した。

これを眺めた百姓の一人が、誠二郎に、

「どうしたらあんないい白菜やネギができるんだい?」

と問うた。

誠二郎は、

「どうしたってこともねえ。ちゃんと手入れしただけだよ」

と、とぼけた。

誠二郎の入賞は、土手の向こうの村からやってきただけに、この村の百姓たちの眼を見張らせるものがあった。なかでも白菜の出来栄えはみごとで、一株が四キロも越した大株だった。ネギもまた太くて長く、深谷物をしのぐ出来で、誰もがこれなら、とうなるほどだった。この年は台風に襲われることもなく、丹念に土寄せした作物は、自分でも惚れ惚れするほどの出来で、周囲からも、「どこの種子を仕入れるのか」とか「肥料はなにを施したらいいんだ」など、聞かれることも一度や二度ではなかった。

酒場でも、

「やっぱり誠さんは、頭が特別よくできているらしいナ。審査員もほめていたな。おいらみてえな、凡人とは違う、な」

と、声があがる。

誠二郎は、「いい種じゃないとダメだよ。それには一流の種苗会社のものでないとダメだ」とか、「肥料は窒素分を多めに施した方がよい」とか、成功するための秘訣を語った。

「ふうん、やっぱしなー」

村の親父たちは、誠二郎をかこんで感心したり、いろいろ聞いたりするのだった。

誠二郎をかこんでの野菜作りの話は、みんなが腕組みして聞き入るほどだった。

しかし、この村の連中の多くは、あくる日になると畑を女衆に任して出稼ぎに出て行った。それが長年の習わしなのだ。当然、畑の手入れは後回しにされるのだった。

誠二郎は、出稼ぎに行ったことはなく、その経験もなかった。それだけに農業で生産をあげていくことを中心に、熱心に取り組んで来ていたのだった。

誠二郎の野菜は毎年のように入賞し、村中の評判だった。

それから数年経った。ようやく世の中は落ち着いてきた。

そんな秋のある晩、「どうだい、この村の代表として、村会議員に出ちゃあくれめいか」と農協の曾根田組合長が尋ねて来た。今回長老議員が、「もう、歳だから引っ込みたい」といいだし、どうしてもこの辺りで、その跡継ぎが欲しいということだった。

「とんでもねえ、おらの家じゃ、それどころじゃあねいだよ、組合長さん」

はるが曾根田組合長のいい終わらないうちに前に出て口を出した。誠二郎より早くはるがしゃしゃり出て気勢を制したのだった。曾根田組合長は、

「かあちゃんはああいうけど、ぜひ一つ考えてくんねえ。この部落から議員が誰もいなくなっちまうと、道一つなおせねぇ。予算がみんな町方に持っていかれて、いつも後回しだぜ。これじゃあ、いつまで経ったって田舎のまんまだい。なあ、誠二郎さん、おめいは町方からやって来て頭がきれるし、作物を上手に作って評判だ。たいしたもんだとみんながほめている。なあ、みんな町方の出の議員だけだぜ。それじゃあこの農村一帯はいつも後回しさ。それを負かす力がなきゃあ、この村の議員になる資格はねえと俺は思っているんだ。ナ、一つ、いい考えをよう、出してくんねえかネ」

「組合長さんよ、俺はそんな柄じゃあねえぜ。俺が出たってよう、みんなの役にゃあ、

あまり立たねいぜ？」

「それはな、みんながちゃんと知っているから……、うそは言はねえぜ。あんたはよ、町の方からやって来て、この村で成功したんだ。誰もほかにそんな奴はいねいぜ。これもみんな誰も知ってることだよ。な、俺はそれを認めたうえで、こうして頼みにやってきている。ナ、あんたにはこの村のものたちは、かなわねいだよ……、誠さん」

「そら、とんでもねえだよう。組合長さん、おらの家の父っさまは、なんにも知りゃあしねえだよ」

「かあちゃんよ、世間の人はみんな誠二郎さんのことをちゃんと知ってるだよ。だから俺が頼まれてやってきてるだで……」

組合長ははるの言葉に反論して力を込めていった。

はるが横から口を出すのに、組合長は少し機嫌を損ねたらしい。

「ダメだよう。誰がいって来たってそれだけはダメだいネ」

はるは、それでも組合長に、口のはしを白く泡立てて強硬にまくしたてるのだった。

「ま、これは農協の理事会でも考えたところよ。ナ、誠二郎さん」

ふたたび組合長は、誠二郎に熱を帯びた口調で迫った。誠二郎が、

「ま、今日のところは、聞いたことにして……」

声も低く断ると誠二郎はそういって組合長の言葉を受けるでもなく、受けないでもなく曖昧に返答するのだった。

組合長は、

「ううーん、参っちまうなー、これじゃあ、俺が役にたたねェってわけかい」

組合長はつぶやくようにいった。

「そういったってナ組合長さん、議員なんてやってりゃあ、おらの家は終えちまうだよ」

「しょうがねえなあ」

はるの反撃にいささか持て余したらしい。組合長は、頭を掻くばかりだった。

誠二郎は、自ら村会議員になろうという気はなかったのだが、地区推薦となるとむげに断るわけにはいかないと思った。洪水の時、部落の人々があれこれと物を持ち寄って駆けつけてくれ、片付けも手伝ってくれた。どこかでそれに恩返しをしなくちゃいけない。組合長はあえてそれを持ち出さなかったが……。みんなの役に立つのであれば、一期ぐらいは……。

誠二郎はその申出を受けることにした。

村会議員選挙は誠二郎の立候補で定数が埋まり、全員が無投票で当選した。

はるは、議員になれば出て行くことが多くなり、金も使うだろう、女性からの誘惑も……と心配が尽きなかった。なにより、もう若くない自分が野良仕事の大半を引き受けることに気が重かった。野菜作りも、品評会でほめられるようにはならないだろう。

誠二郎は、南村議会の議員として県庁に陳情に出かけるなど、公務がいっぱい回ってきて、野良に出かけることが少なくなった。何かにつけて議員として顔出しすることも増え、酒臭いにおいをして遅く家に戻ってくることも多くなった。はるはしばしば機嫌を損ねたが、そうかといって愚痴をこぼすこともできずにいた。

誠二郎は、この地区から出ている国会議員と名刺交換もして顔見知りになったばかりでなく、後援会にも顔を出さざるを得なくなった。誠二郎はいまやこの地域のちょっとした名士になっていた。

そんな時、衆議院が解散した。この地区を地盤に前回当選していた宇曾理満は、さっそく顔出しにやってきた。村会議員を全員集めて後援会がいつものように作られた。

そこに、八田理太郎が割り込んで立候補した。

宇曾理はややあわてたようだが、県議会議長をつとめて古くからの顔のつながりもあり、ずっとこの南区で票を一人占めして来たこともあって悠然と構えていた。

選挙は俄然あわただしく動き始めた。

八田理太郎はこの南村生まれであるらしいが、誠二郎の知るところではなかった。戦後の復興景気に乗って県下で旺盛な事業を展開して財を築いたらしい。どこかで自由党にくい込んだのだろう、出身の南区を地盤に立候補を決めたらしかった。うまく割り込んで宇曾理満の票の半分は回って来ると踏んでいるようである。

その八田が立候補の挨拶をしたいと、料亭「南郷」に村会議員を集めた。連日街頭に出ているからだろう、赤く日焼けした顔はつやつやしており、声はしわがれていたが、突き出た大きな腹で背広のボタンがいまにもはち切れんばかりである。

「みなさん、私は吉田先生に傾倒しており、まったく先生の日米同盟に感激し、これに最大の賛辞を送るものであります。この先、日本列島はその隅々まで、この先生のおかげで景気は上昇を続け、米国に負けない経済大国として世界に君臨するでありましょう。その先頭に立っているのが、吉田茂先生であります。ぜひそこに私を加えさせてください。この八田を国会に送ってください。八田理太郎は、みなさんの心を大切にし、国会に当選を果たしたあかつきには、村会議員のみなさんと力を合わせて、この私が生まれた郷土の発展に尽くすことは元より、世界に冠たる日本経済にしてみせます。経済には自信があります。どうかこの私を当選させてください」

八田は額に汗を浮かべ、目一杯の愛想を振りまいて挨拶を終え、乾杯した。

八田は村会議員一人ひとりの席を廻り、大きな眼をさらに開いてじっと食い入るように見つめ、ビールを注ぎ、固く握手した。

「先生は、まったく新人であり、この地元のみなさんにお世話にならなければ、当選できません。どうか力を貸していただきたく、この通りお願いするものであります」

後援会長に指名された村会議員の林善三も「よろしく」とビールを注いで回った。

駆り集められた村会議員は全員とはいかなかったが、約半数がこれに参加した。

誠二郎は、いま迄とはまったく違った世界に足を踏み込み、身動きのとれなくなっている自分を感じていた。

しかしこれには、宇曾理陣営が黙っていなかった。すぐに有力村議から「よろしく」と手が回ってきた。八田との袖の引き合いになり、ばつの悪さを感じる選挙になった。

いずれにしろ誠二郎は戸惑うばかりで、揉みくちゃになりながらどちらに票を入れるか、迷っているのだった。

八田陣営は、投票日が迫ってくると「実弾」を使い始めた。といっても、これはいまに始まったものでなく、選挙のたびに「村の社交場」がにぎわうことで知られていた。誠二郎のところにも、八田派から顔の知らない使いのものがカバンを持って乗り込んできた。

「誠二郎先生、八田は今回まったく新人。この選挙で打ち勝つかどうか保証はない。それを確実にするため、これを使って票を確実にしてほしい……」

白い封筒が誠二郎の手に押し付けられた。

「これが幾人の手にわたったのかは後で電話してくれるだけでいい。あくまで先生がこれはと思われる方にだけ……お願いします」

白い封筒が誠二郎の手に押し付けられた。

誠二郎は、

「そうか」

とだけ答えた。

顔に見覚えがなく、突然自動車でやってきて「頼む」という。そのあわてぶりが、かえって誠二郎を白けさせてしまった。

「頼む」という依頼をなぜその場で断らなかったのか。誠二郎は使いのものが去っていった車を見送るとそのまま、白い封筒を机の引き出しに押し込んでしまった。

どっちにしろ、票を金で買うという行為はやるべきことではないだろう。こんなことで八田が議員になっていいものか？　当選したら、八田は宇曾理とともに与党の一員になるのだろうが、金で国会議員の椅子を買おうというのだから、ゲスな成金のやりそうなことだ。誠二郎は、封筒を受け取ってしまったことを後悔しながらそう思った。

「だれだぁ、いまの人は？」

はるに聞かれたが、誠二郎は「ああ、八田派の使いの者だ」

「なんだいまごろ」

はるは怪訝な顔で、誠二郎の顔を見つめている。

派手な選挙が終わり、開票の結果、八田は次点に終わった。が、それで済んでいれば誠二郎も安心していられたが、開票の翌日から、町の方が何やらあわただしくなった。

次の日だった。誠二郎に「お迎え」がやってきた。

「ちょっと署まで来てください」

警察手帳が誠二郎に向けて突き出された。

「はあ?」

誠二郎は怪訝な顔をして刑事の顔を見つめた。

「八田理太郎選挙違反の疑いで逮捕します」

「俺はなにもしていねいぜ?」

「それは署に行ってから伺いましょう」

相手は有無をいわさなかった。見知らぬ顔の男が二人、誠二郎の体躯を両側から捉えて離さなかった。

誠二郎が連れ去られていなくなった後、はるは茫然としてそこに立ち尽くした。

「家宅捜索をします」と、有無をいわさない刑事が、座敷に上がり込んで来た。

誠二郎はU警察署に連行された。屈強の男たちが頻繁に出入りしている。誠二郎はその様子をチラと眼に止めたが、すぐに奥の部屋に通された。持物を一つひとつ机のうえに並べさせられ、身体を触られてなにもないことが確認されると、狭くて湿気が多く、陽が射さない通路を促されて金網の張ってある拘留房へ連れて行かれた。刑事が声をかけるとなかから鍵が開けられた。

窓から斜めに差し込む光のなかに、湿気と臭気とが入り混じった空気のなかに浮遊するゴミが浮いて、空気がよどみきっている。

誠二郎は名前の代わりに番号を与えられた。

誠二郎がなかに入ると、キリリっと金属をこすれるような音がして扉が閉められた。誠二郎は瞬間ぎくりとした。地獄への道が迫ってくるようだった。誠二郎はひどく屈辱を感じた。垢の付いた寝具が壁にひっついて積み重なっている。腕組みをして、垢で汚れきった板壁に背を持たせかけて腰を下ろした。


八田の選挙の買収は危うくのところで止まったと、誠二郎は内心ほっとしていた。票の買収をおこなおうとした行為は、隠しきれるものではない。しかし、自分はその直前で止まっていた。買収はおこなわなかったと、思っていた。検事の前で堂々とそう主張することにした。

しかし、誠二郎の言い分が通るわけはなかった。机のなかから出てきた白い封筒は、使っていなくとも、配布予定のものとしてもらった証拠であるには違いなかった。誠二郎の考えなど、赤ん坊の手をひねるより簡単に葬り去られた。

考えてみれば、はるのいう通り、村会議員になることを断るべきであった。村会議員は「おまえしかいない」などとおだてられ、ついつい誘惑に乗ってしまった自分がなさけない。

誠二郎は、そう自分を顧みた。自らの力と腕を使って打ち込んだ開墾、荒れ地を開き一戸を構え、土をこよなく愛して働いてきた。それ以上になにを求めようとしたのか。求めるものも背負うものも自然と増え、結局、土から腰を浮かせてしまうことになったのだ。

悔恨は尽きない。だが自分が踏んできた道には違いなかった。生涯の恥辱は自分でそそがなくてはならないだろう。俺はいま六〇歳の還暦を迎えたばかりなのだ。

誠二郎はもう一度土に還り、土に挑もうと心に決めたのだった。

婿養子

一

藁屋根の軒下に温かい陽だまりができてそこらあたりが温もっている。

春先の秋太郎の家では、毎日決まったようにそこでお茶を飲む習慣になっている。のどかな水田が家の周りにひろがって、いまはまだ乾燥したままで一帯が白く見えている。家を囲う樫の木が風から守り、いまもそこに温もりをもたらしていた。

春先はまだ田起こしも始まらず、家畜のいる家では牛がのどかに反芻し、鶏が餌をさがしてせわしなく足元の土をかきさばいている。

とそこへ、自転車に乗った男がスーッと庭に入ってきたかと思うと、ぱたんと音を立てて自転車を立てた。

「今日は、いい塩梅でー」

愛想のいい声がしたと思うと白髪混じりの唐物屋の熊男が顔を出した。熊男は戦後、自前のミシン一台を持って農家を回り、仕立て直しの縫物をして生活費を稼いでいた。どこの家でも戦後には衣料が不足し、つぎの当たったシャツやズボン、股引などで過ごしていた。木綿もののシャツや衣類はどこをさがしても見当たらず、衣料切符で手に入るものはスフで寿命が短く、野良着にするとすぐに穴が開いてしまう代物だった。

そんなことから、長く職人向けの仕立て屋であった熊男がミシンを生かし、いうならば出前の職人に早変わりして食いつないできたのだった。熊男は、農家に行けばコメも手に入るだろうと目をつけていたのだった。もともと百姓の二男でもあり、農家を頼りになる商売相手に選んだのだった。

コメが十分出回るころには本業に戻るつもりでいたが、資金も貯まらず、周囲にはきれいなマーケットなどができて、唐物屋の出る幕がなくなってしまった。

熊男は、縁側に近寄って「どうも……」とかるく頭を下げた。

「しばらく来なかったじゃぁねいかい」

と当主の秋太郎が声をかけた。

「ああ、最近はどこでも衣類も間に合っているようで、商売があがったりで、どうも……」

「なんだい、今日は商売にきたんじゃあねいのかい」

「えへへへへ」

熊男は頭へ手をやって、

「いまの若いもんは昔のものには誰も手を出さねいですよ。旦那……もう商売にならずってとこですよ」

「そうかい。じゃ、まあ、お茶でも飲んでいったら……」

と秋太郎は笑顔で言い、そのうちにうめがお茶を注いで持ってきた。

「ありがとうございます。いつもすいません。あのう、今日はちょっと頼まれごとをしたので……」

「なんだね、頼まれごととは」

「婿さがしを頼まれてんですよ」

「唐物屋じゃあなかったのかい」

「へえ、ちっとばかり頼まれたもんで」

「何でも手を出すんだな」

「いや、それほどでも、ま、どうしてもさがしてきてくれって拝まれちゃって……ここの家にも息子さんがいるようで」

と、ちらりと二男の康夫の顔をのぞいている。

「今日は上の倅さんは……」

「医者に行っただべぇ」

うめが答えて言う。

「どこか加減でも」

「兵隊から帰ってきてからどうも調子が悪いのよ」

「そりゃいけませんねぇ」

と熊男は愛想よく受け答えしている。

「何しろそこの家には年ごろの娘さんが三人揃っていて、それでおやじの源四郎さん、気がもめるってわけで……。私も若いとき、婿に行くことをすすめられて危うくってとこでした。まあ、そんなこと言っちゃあ、ぶち壊しになっちまうけど、ははは。源四郎さん、心配で心配で、あっしの顔を見るたんびにさがしてくれって言うもんだから……。ここにもいい息子さんがいるので、どうかなと思って……」

と、また康夫の顔を見る。

「そこの娘さんはちょうど二三歳になったばかりで、いまが一番年ごろだと思ってネ」

「そうかね、どこでも年ごろになると心配してるべよ」

うめは手を揉みながら横から口をはさんだ。

「ここの家じゃあもう、ご長男がしっかりあとをやってるべ。どこも心配はいらなかんべし……まあ、弟さんは独立しなけりゃなんねいってわけで。で、どうかかなと思って」

「まあ、あれだなー。こういう話は本人が行くかどうかだな」

しばらく聞いて秋太郎が言った。

うめが傍らでちらっと康夫を見ている。

「長男の茂雄は大陸から戻ってどうも調子が悪いのよ。せっかくいい嫁さんをもらったというのによう」

うめは茂雄が大陸で悪い風土病でももらってきたのかと気にしている。康夫は兄貴が兵隊から戻ったので、気楽な二男坊になれたと思っていたのに、肝心の兄貴がパッとしないものだから気がかりでいた。田畑の仕事は怠けるわけにはいかなかったが、それにしてもそろそろ独立を考えなければならないときに来ていると思った。

「まあ、ひとつ考えてみてくんねえかね。息子さんがいいって言えば、明日にでも先方に伝えるけど……」

熊男はそう言いつつ、帰っていった。

それから二、三日してまた熊男がやってきた。

康夫にとって婿入りの話は天から降ってわいたような話で、とても乗り気にはなれなかった。きっぱりと断ってしまいたい。しかし、熊男が熱心に口説くし、「あまり、ぐずぐず引き延ばすのはよくねえ」と秋太郎にも催促されていた。康夫は何か心のなかに判断すべきものが見つからず、ぐずぐず毎日を過ごしていた。

「長男でないものは、いずれ、出ていかねばならぬ」――とその煩悶がつづいている。どうして婿は俺でなくてはならないのか。その理由が分からない。胸にすとんと納得するものがないのだ。しかし、熊男は執拗で熱心だった。

「ま、婿さがしは、砂漠で金をさがすようなもんで、うまく見つかれば宝物というわけで向こうのおやじさんにしてみれば、それをどうしても見つけてくれと顔を見るたんびに言われて……まあ……康夫さんが相手の娘さんを気に入らなかったら、それはあきらめるより仕方がねえけども……しかし、康夫さんがいいとなれば、これはもう大事な息子だと思って大事にしてくれるよ。そうなれば、康夫さんは、幸せになれるだろうし……。あっしも三男に生まれて、他人の家に奉公に行って、朝早く起こされ、冷たい冬でも井戸水を汲んでそれで雑巾がけ、店のなかの掃除を終えて、それからできあがったものを届けるやら、その家の子どもの世話やら、何から何まで親方の言いつけをやらされてやっと一人前になった、と思ったら戦争になって、肝心の反物や、生地も切符がなけりゃ買うこともできなくなった。ひどいものだよ。商売どころではなくてよ、戦時中は勤労動員で、せっかく覚えた腕も生かせず、とんだ人生でしたよ。ま、人間どの道を歩いても到着するところは、大して変わりないのかもしれないけれど、いまは戦争がないだけで幸せだと思わなくちゃあ。ま、屁理屈いうわけではないけどよ、ははは」

熊男の気持ちは痛いほど康夫の胸に届いた。いままで真剣に自分というものを考えてこなかったと、康夫は反省もしているところだった。他人に言われるまでもなく、もういい歳になっている。

夜になって秋太郎から、

「唐物屋の話はどうだ」

と聞かれた。

康夫は「うーん」といったきり、あとが出てこなかった。

「考えてみたのか。一遍あってみたらどうだ。ああやって熱心にやってくるのは、余程のことだい。会ってみて嫌だったら、断ればいい。あまり引っ張ってするのも相手に悪かんべ」

父から言われると、康夫は尻の穴がもじもじとしてくる気分だった。

「そうか……」

康夫の心は、やっとそこに落ち着いたのだった。

ある日の午後、康夫は自転車に乗って町の方に出かけた。たまにしか身に着けない背広はナフタリン臭かった。道であった同級生に「あれ」と声をかけられた。康夫は「ちょっと」とあいまいに返事をして道を急いだ。指定された鉄道の駅前には、熊男と今日の相手の娘が晴れ着で待ち構えていた。

「どうもどうも……」

「今日はお世話になります」

熊男は、ちょっと振り返って、

「こちらが野村源四郎の長女佳恵さん」と紹介し、向き直って「小川康夫さん、どうかよろしく」

と言った。

「じゃあ、立ち話っていうのもなんだから、そこの喫茶店に入りますか」

熊男は二人を駅前の喫茶店に誘った。

二人は熊男に言われるまま、ぎこちなく椅子に腰かけた。

熊男は二人のためにコーヒーを注文した。康夫も佳恵も緊張して口もきけず、硬くなったままだった。

女店員がコーヒー茶碗を運んできて、「どうぞ」とすすめられて、ようやく緊張もほぐれそうだった。

「あのう、何かほかに注文するかね」

「いや、結構です」

「そうかね、私どもはこういうところはめったに入ったことも、ねいしよ、ははは」

熊男は笑いにごまかした。

「じゃあ、あとは二人でうまく話し合ってみてくんない、康夫さん。おら、明日でもまた伺うから……」

と椅子から立ち上がって二人にぺこりと頭を下げた。

二人っきりになると、康夫はコーヒーを飲み干し、佳恵に「さてどうするかね」と問うてみた。

「康夫さん。あなたにお任せしますわ」

初めて聞いた佳恵の声は、どこか涼やかだった。

「じゃ、せっかくだから、ここから電車に乗って池袋に行ってみますか」

「はい……」

佳恵はちらと顔をあげて康夫の顔を見たようだった。そう快く返事が返ってくると、康夫の心も浮き浮きしてくるのだった。

家を出るとき重い気分でいたのが、どこかへ吹き飛んでいた。二人は映画館に入ってしばらく時間を過ごし、近くの食堂に入った。

康夫は、緊張が解けたわけではなかったが、しだいに何かお互いに引かれていきそうな気分になっていくのを感じた。

二人はやがてとりとめない話を交わしながら、佳恵の家の前までやって来てその日は別れた。

翌日、さっそく熊男がやってきた。

「ずいぶん早いじゃあねいかい。もうやってきたのかい」

玄関先で秋太郎の声がしている。

「ああ、昨日はどうもうまくいったかどうか、聞きたいと思ってネ」

「親の俺だってまだ聞いていないぞ」

「あれ、そうかね。康夫さんの印象はどうかねと思ってネ」

「誰だって自分の一生にかかわることだで。そんなに簡単に猫や犬のやりとりとは違うべな」

「そりゃあ、まったくその通りでして、こりゃあ、ちっと早過ぎたかな、ははは。通りがかったもんでして、申し訳もなく……」

熊男はあわてて帰って行った。

康夫との縁談がまとまったのはそれから一週間ばかりあとだった。

結納も無事にすませ、それから後、日をとり決め、野村家の披露宴は親戚、近所などの人々を呼んで盛大におこなわれた。

その夜、座敷には煌々と灯がともり、夜の庭を遠くまで照らし出した。

近所の女衆がエプロンがけで嬉々として台所と座敷をせわしげに出入りする。陽に焼けて節くれだった指先を気にしながら、女衆は酒を注いで回った。呼ばれてきた男衆の顔がてらてらと赤く光っている。酔いが回り、男衆は大声をあげて民謡を歌いだした。調子を合わせて手拍子が打たれ、座はいちだんと盛りあがった。新調した畳表に転げた銚子の酒がとくとくと浸み込み、「あれあれ」と叫んで布巾を持った女衆が飛んでくる。

「まあ、ここのお父っさんもよ、これで安心したんべ、なぁ」

源四郎の肩に寄りかかってだみ声で言うのも愛嬌で、だれ一人気にする者はいなかった。それもまた祝辞のつもりらしい。

宴会は夜遅くまで賑わって終わった。

二

康夫が婿入りした野村家は、武蔵野台地の上にあって、裏は一面の田んぼだった。

赤城おろしが春先まで吹きつけ、寒風に任せた一帯である。黒土の畑には播きつけた麦を押しのけるように霜柱が立って、学校に急ぐ子どもたちが足先でそれを踏み倒して行くのだった。

夏に播きつけた大根や人参もいまは黒土に首をすくめている。野菜の出荷もほどほどで、あくせくする程の忙しさではなかった。

康夫と佳恵は畑に出て、麦踏みに精を出した。麦は、柔らかく育つと夏になって倒伏してしまう。そうならないように、麦の根元を強化しようとせっせと麦踏みに精を出すのも、昔からの習慣である。

陽ざしが強まって、野良にいても寒さが感じられなくなったある日、康夫は源四郎と一緒に牛に荷車を引かせて田んぼへと坂道を下って行った。田園地帯は一本の木もなく、すべてが見通せた。遮るものは遠くに見える荒川の堤防ぐらいで、その土手の下あたりにわずか二、三軒の家が小さく見えている。

デコボコする坂道をガラガラと下って、下肥を積んだ牛車は農道をのろのろと歩む。前を行く康夫は、牛の角が自分の背中に向かって突き出している恐怖を感じて、ときどき振り返ってみるのだった。

「牛は何もしやぁしねいよ」

と源四郎は笑って言うのだが、康夫は真剣だった。

源四郎は、ここがおらの田だと一区画を指さした。入ってきた農道は雑草の枯れ残りに、そこだけ黒土を踏み分けて車輪のへこみをつくっている。肥桶を積んだ牛車はそのわだちに落ち込み、動かなかった。源四郎は、引いてきた牛を車の枠から外して草原に放った。

そこからが大変だった。牛車の荷縄を解くと、源四郎は見本を示すように、肥桶を両腕で抱えて地上におろした。桶に通した縄に天秤棒を通すと、肩を入れたかと思うと牛車の上から桶を振るようにして自分の肩に前後に振り分けて担いだ。よどみのないみごとな動きだった。源四郎はそのまま、田のなかへ身をゆするようにして歩み、思うところで桶を下した。

源四郎は、ぽんと音を立てて桶の蓋を外し、柄杓で肥を汲むとそのままシャーと空中に散布した。たちまち桶は空になり、その源四郎のもとに今度は康夫が桶を担ぎ入れるのだった。

康夫は、体の前後に肥桶を吊り下げるのだが、歩むたびにタプタプと揺れ、源四郎のそばまで担ぎ入れるのがひと苦労だった。源四郎は柄杓をふるって液肥を均等に散布するが、康夫はその猛烈なアンモニアのにおいに閉口した。それは息もつげぬほどで、危うく逃げ出すところだった。

「馬鹿に臭くて……喉までおかしくなっちまう」

康夫は顔をしかめつつ、そう口走った。

「そうかい……じゃあ一服やるか」

「はい」

田んぼ一面にまかれた下肥は、猛烈なにおいを発散していた。

「このあたりの百姓は、いつもこんなもんでなあ。そのうち金肥でも出回ってくれば楽になるだろうよ。百姓は昔、江戸の浅草河岸まで担ぎ出して肥を買い、それを船に乗せて川をあがってきたと聞かされている。そこから家の肥溜めまで大八車で運び入れたんだとよ。そんな思いをして野菜を育ててきたんだ。いまから考えるとどれほど苦労したか知れやしねえ。それから考えれば、たとえ牛車を使ってでもどうにか肥やしをとってこられる。ま、しばらくの間、我慢してくんな」

源四郎の言葉は康夫に丁寧だった。

肥まきの仕事は夕方までつづき、陽の落ちるころ、ようやく「終うべ」と源四郎の声がかかった。

そのころになると康夫は、疲労でどうでもよくなれと投げやりな気分に襲われた。全身にぬぐいきれない疲労が蓄積し、息も絶え絶えというところだった。

牛車の上で、空になった桶が互いにふれあって踊り、カラカラとかるい音を立て、家に戻るころには、春先の太陽はもう遠い山の陰に隠れるところだった。

牛は仕事を終え、牛舎に放たれた。

康夫が糞尿のぷんぷんするジャンパーを脱ぎ捨て、風呂の蓋をとるころには、源四郎はもう座敷にあがっていた。

佳恵が酒を温めて用意していた。

「どうだ、こっちへ来て一杯やれ」

源四郎の声だった。

康夫は「はい」と言いったものの相伴する気分になれなかった。

が、佳恵がそこへ酒を運んできたので、そのまま源四郎の前に座った。

「今日は、疲れただろう。さ、一杯やれ。疲れもとれるぞ」

源四郎の差し出した銚子に康夫は茶飲み茶碗を差し出した。

「ま、百姓というものはみんなこんなもんさ」

話しているうちに源四郎の両眼もとろんとして、茶碗の飯を掻っ込むと、渋茶を喉に通して立ち上がった。源四郎はふらふらと寝床に向かった。

康夫も身を引きずるように寝床に向かった。

佳恵が一人片づけをすまし、遅く風呂からあがったころには、康夫はもう、すっかり夢心地だった。

夜中に康夫が目を覚ました。肩のあたりがひりひりと痛み、目が覚めてしまったのだ。康夫がもぞもぞと体を動かしていると佳恵がそれに気がつき、

「どうかしたの」

と声をかけた。

「肩のところがひどくひりひりする」

康夫は起き上がって肌脱ぎになり、佳恵に突き出して見せた。

「あらっ、赤く腫れあがっている。これじゃあ痛いでしょう」

佳恵は驚いたように声をかけた。

「こんなになるまで、やらなきゃあよかったのに」

「……そんなこと言ったって逆らえないよ」

「まったく……なにか湿布薬をさがしてくるわ。まったくお父っつぁんは、人のことがまったく頭に入らないんだから」

佳恵は急いで立っていき、富山の置き薬の箱を箪笥の上から下に降ろした。

「さ、これでも貼って……」

佳恵は膏薬の一枚をはがして康夫の肩に貼った。

「ま、今夜はこれで我慢してね。こんなになるまで働かせて……」

佳恵は康夫に同情して、早くも涙声だった。

「私もこの家の長女でしょう。本当のところ、後継ぎになるのは嫌だったのよ。だけど仕方がなかったのよ。我慢してね……」

康夫の顔のあたりに息がかかった。康夫はふっと息を吐いた。

翌朝、康夫は起きて来なかった。

佳恵は気になって部屋をのぞき、声をかけた。

「体中が痛くてだめだ。休ましてくれと言ってくれ」

「分かったわ……」

「どうかしたのか」

源四郎も佳恵の部屋を出入りする動きに気がついて、そう聞いた。

「どうかしたどころの騒ぎではないわ。夕べ康夫さんの肩が真っ赤に腫れあがって……夜中に膏薬を貼ってあげたのよ。お父っつぁんが無理させたのよ。きっと今日も休むって言ってたわ」

「俺は無理などさせねぃど」

源四郎は目をしばたたかせている。


康夫は昼過ぎになってようやく寝床から這い出て、着替えた。

「俺、実家の方に行ってくる」

佳恵を押しのけるようにして康夫は自転車に乗った。

「夕方には帰ってくるでしょう」

背後から佳恵が声をかけたが、康夫はあいまいに「うん」と返事をするばかりだった。

三

自転車を実家に向かって走らせている間、康夫は、涙が込み上げてきて仕方がなかった。疲労のせいばかりではなかった。気持ちがゆれ、心のなかまで縮んでしまいそうな気がしていた。

家に近づくと、屋敷地を囲っている樫の木がずいぶん伸びたように感じた。

陽の当たる縁側に寄ると、トラがのっそりと近寄ってきて「にゃあー」と鳴いた。

康夫はトラに顔を近づけ

「みんな出払っているのか」と聞いた。

猫に答えはなく、康夫は、縁側にごろりと身を横たえた。陽ざしが体をほぐすように温めていく。康夫は、いつの間にか寝入ってしまった。

「あれっ……いつ来ただあ」

うめが頓狂な声を発した。

頬に板の間の筋をつけて、康夫はゆっくりと体を起こした。

「何かあったのかい」

うめは、康男のただごとではない様子を見とがめた。

目をこすりつつ、康夫はようやく起き上がり口を開いた。

「おらぁ、もう、あの家は勤まんねえ。嫌になっちまっただぁ」

「どうして、いまさら……」

「どうもこうもねえ、あの家は仕事が大変で、体がもたねえんだよ」

「ううん……いい若けえもんが笑われちまうべよ」

うめは康男の体をゆっくりと眺めまわした。

「おらぁ、いま考えると考えが甘かったかもしれねえ」

「そんなことぐらいで、世の中通るもんじゃあねいよ。お父っさんに聞かれれば怒られちまうべよ」

「構わねぇ」

康夫は下を向いて涙さえ浮かべている。

「どれ、まあ、飯の仕度でもすべえ」

うめは台所に立ち去った。

しばらくして、秋太郎が体の前についた泥を払いつつ、裏口から入って来た。うめに康夫がやってきていると聞いたのだろう、表へ回ってきた。

「どうしたっていうだあ、康夫」

「おらぁ、婿に行くなんてあっさり返事をしなけりゃあよかったと思ったのよ」

「いまさら泣き言をいいに来たのか」

「そういうわけじゃあねえけどよ。ただとてもじゃあないけど体がもたねえんだ」

「体が大変なときもあらあ、おらぁ、何かしくじったかと気にしてたところだ。そんなことぐれいで……ま、飯でも食って休んだら帰っていけ……今日のうちに帰れば心配しねいですむ。どこの親だって突然いなくなりゃあ、そりゃあ気になるぞ。それをさせてはなんねえ。農家には男がいねいでどうにもならねいぞ」

康夫は、自分の言い分が少しも取り上げられないばかりか、かえって自分の落ち度を暴かれたような気がして、腹立だしかった。わがままだと言わんばかりの秋太郎の言い分に、憎しみすら感じた。

「誰だっていいときばかりでねいよ。このおやじだって、そりゃあ一刻者だったよ。俺だって何度泣かされたかしんねいぜ。遅くまで仕事をさせてよ。そして自分だけ、先にあがって酒食らってよ。おらぁ腹が立ってそのまま寝ちまうべと思ったがよ、どうも体がかゆくて寝付かれないから、おらぁ自分で風呂沸かして入っただ。それでもよ、このおやじは声ひとつかけてくれるわけじゃない。グースカ寝ちまってよ、おら馬鹿くさくて……。この話は本当だよ」

康夫は、ぶっきらぼうだがうめの話に心がやや和らいできた。

「女房が首を長くして待ってるぞ。早く帰ってやれ」

そう言われると、康夫はほろっとした。

「ああ、俺は……」

佳恵のことを忘れていたことに、康夫は思わずはっとした。

夕方、康夫は佳恵の待つ家へと自転車を踏んだ。

玄関先で「只今」と言うと佳恵がぬれた手を拭きながら飛び出してきた。

「お父っさんは」と康男が聞くと、「帰ってきている」と云う。

「さあ、早く」佳恵は康夫の袖を強く引いた。康夫はそれに引きずられるようにして、座敷へとあがった。

「どっかへ出かけたのか」

「はい、ちょっと実家まで、行ってきました」

「そうか」

その先を尋ねるのかと康夫は一瞬、緊張したが、それはなくて胸をなでおろした。

「じゃあ、明日は原の畑へいって二人で麦の土寄せをやってきてくれ」

「はい……」

陽が落ちてすっかりあたりが暗くなると、冷え込んできた。すると腫れあがった肩のあたりがまたずきずきと痛みだした。手を伸ばし指先で触ると熱がこもっていそうだ。今夜もまた佳恵に膏薬を貼ってもらおうと思いなおすのだった。


原の畑は歩いて行ける距離にあった。

二人で原の畑に到着すると、麦は春の陽ざしを受けて青々とした茎を天に向かって伸ばしていた。茎に、露の玉がきらりと光って、康夫が畝をまたいで鍬をふるうと、はらはらと地上に落ち、小さな円を描いた。康夫は、麦の畝立てがきれいにできあがったのに思わず見とれ、手を休めて満足した。

後ろで畝を立てていた佳恵は、

「ずいぶん早いじゃあねいの。そんなに急がなくてもいいのに」

と声をかけた、そして、

「こんなときぐらいゆっくりやるのよ」

と荒い息を吐きながら言った。

「じゃあ、一服するか」

康夫は鍬を畑の外に倒し、草の上に腰をおろした。

「何でも一遍にしなくてもいいのよ……」

佳恵は息を弾ませつつ康夫に近寄り、並びあって青草の上に腰をおろした。持ってきた風呂敷包みを解いて新聞紙を草の上にひろげた。なかからあられが出てきて、康男の食欲をそそった。康夫は青草の発散する匂いを嗅いでホッとした。俺はまだ新米なのだ。これから佳恵と手を取り合っていかねばならない。そう思うとようやく気が楽になった。あられの醤油の匂いが口のなかにひろがった。

四

義父と牛車で肥を運んで入れた乾田に、ようやく湿り気が増えつつあった。あと一ヵ月も経てば用水路に水が流れてくる。田んぼはその前に荒起こししておかねばならない。康夫は義父に教わり、牛に犂を引かせて田起こしに専念した。

牛は、車を引いて道路を歩くよりものろのろとよだれを垂らしつつ、犂を引いた。康夫はあとからしっしっと声をかけるが、牛はどこ吹く風でのんびりと進む。康夫は半ばあきれ、少々イラつくが、どうすることもできないのだった。

あちこちで農夫らが思い思いに田起こししている。陽炎が燃え、一幅の田園風景がそこにあった。

一日かかって二枚の田起こしを終えた。夕方になり、康夫は背中に汗を流した牛を道路にあげ、牛車の枠をはめると家路を急いだ。家に戻ってくると、一日中よく働いた牛の四肢をたわしを使って洗ってやった。牛はそこが自分の住みかと知ってか、牛舎のなかへ悠然と入って行ってくるりとこちらを向いた。康夫も土間で股引を脱ぎ、家にあがった。

それから一ヵ月もすると用水路に水があふれて、稲の苗も青々と生育してきた。田植えの時期が始まった。また牛の出番だ。田に水が引き込まれ、畔《くろ》のうちに土を隠すほどに浸った。田に追い込まれた牛は、肩から後ろに伸びた二本の綱の先に代掻《しろか》き用の馬鍬をつけられた。田の隅々まで縦横に歩いて泥をこね、トロトロにする。牛は水田を歩むたびに足で泥水を跳ねあげていく。牛の腹と四肢は、泥水に浸かったまま一日中、人間のために働いた。そして、鳴きもせず、とぼとぼと家路に向かうのだった。

こうして一ヵ月、康夫は先頭に立って働き、田植えもようやく終えることができたのだった。少しは慣れたとはいえ、連日の重労働で康夫の体はしだいにやせ細った。

野村の家では田植えがすむまでの間に、畑の麦も収穫せねばならなかった。単作地帯ではないこのあたりの農家は、野菜も育てて市場に出荷せねばならず、朝に晩に目まぐるしいほど身を動かさねばならなかった。康夫は、かろうじてこれに耐えていた。生まれた家にはもう戻れなかった。義父に焼酎をすすめられ、少しあおって寝床に入った。

ようやく夏祭りの季節になった。昔からある神輿を出して、村のなかを担いで回る。

それにも当然、出ていかねばならなかった。村の青年たちはこぞって参加する。お神酒にありつけるのも楽しみなのだろう。

佳恵のお腹も日々に膨らんで、康夫もいよいよ責任の増すのを自覚しないわけにはいかなかった。

長く感じた夏の日も終わり、秋の収穫時期を迎えた。

稲穂は黄金色に黄ばみ、背中を丸めた農夫たちがせわしなく鎌を動かした。今年はどれくらいの実りがあるのか、稲束を手にして推し量っている。

源四郎の家でも、佳恵と康夫が稲を刈り、田の端に組んだ長い孟宗竹の矢来に、源四郎が稲束を二つにさばいてかけた。かけた稲束の長さがその年の収穫量になる。やがて太陽が稲束を乾燥させ、かさかさとなるころ、康夫は牛に車を引かせて取り込みに向かった。

稲束を牛車に山と積み上げて物置の軒下に運び入れ、入りきれないものは庭にボッチとして積まれた。秋の収穫期もやはりあわただしかった。源四郎の家では、それに加えて喜びが待っていた。佳恵が子を生んだのである。女の子だった。源四郎はにこにこして初孫を抱き、満面の笑みであった。

庭いっぱいに筵をひろげ、脱穀した籾を乾燥させる仕事もあった。

それが終わると籾は籾摺り機にかけられ、玄米となって俵に詰められた。康夫はそれを牛車に積んで農協へ運んで行った。待ち構えていた米穀検査員が米穀を手のひらにとり、等級の青印を押していく。検査が終わったコメ俵は、男衆の手によって次々と倉庫に担ぎ込まれる。これでやっと一年の米作りが終わる。

が、畑ではサツマイモやサトイモの収穫が待っている。農作業は切れ目なくつづいていくのだった。

霜の降りる一一月下旬になった。

源四郎は娘に向かい、

「おい佳恵、今夜は恵比寿講だ。魚屋へ行ってサバ二尾と蛤を一〇個、それとお神酒を買ってこい。康夫よ、畑に行って大根二本とサトイモ、人参をとってきてくれ。大根はあまりでかくなくていい。お膳に乗せて恵比寿講にあげて祝うのだからな」

と命じた。

佳恵がそれぞれ品物を買い込んできて、普段使わないお膳も取り出し、拭き清めて用意した。

「何にしても恵比寿様は商売繁盛の神様だからな」

源四郎は独り言のようにぼそぼそといい、用意を促している。

佳恵が新米を炊きあげると、酒呑童子が使うかと思う日常の倍もある大きな茶碗と、それに倣う大きい径のお椀を取り出して盛りあげた。二つのお膳にそれぞれ盛り付けて神棚に並べた。

源四郎は風呂からあがって着物を着替え、神棚の前に正座した。お神酒も白色の燗徳利もお膳に用意された。源四郎の後ろに康夫も正座し、源四郎が一礼してパンパンと手ばたきし、さらに一礼し、

「さあさ、お恵比寿様、今年はこんなもので勘弁してくだされ。どうぞたんと召し上がってくだされ」

唱え言のようにいい、それがすむと源四郎はくるりと向きを変え、

「さあ、もうよかんべ。康夫一杯やろう」

と声をかけた。

「まあ、今年もこれで無事に終わったからなー」

二合は入るだろう白い燗徳利を康夫に向けて差し出した。

康夫は何かにつけ、自分は他所からやってきたものだとつねに一歩引いていた。そのことは抜けきることはなかなか難しい。血のつながらない者同士が、ひとつ屋根の下で暮らす難しさというものは、いまさら始まったわけではないにしろ、源四郎をあくまで立てたうえで妻の佳恵との生活がなくてはならなかった。

「まあ、俺もどんどん歳をとっていく。追々、この家のことも佳恵と二人でやってもらわねばならぬからな。よろしく頼むぜ。じゃ、俺にもう一杯注がせてくれ。おい、佳恵、酒がねぃぞ。もう一本つけてくれ」

康夫は、

「お義父っつぁんはまだまだ元気じゃねぇ。とうぶん大丈夫だぜ。それにおいらはまだまだ教わらなくちゃあなんねいことが山ほどある。ぜひ頑張ってもらわなきゃあー」

佳恵が動くと、神棚のろうそくの灯火がぐらりと揺れた。

孫の洋子が大きな声で「おぎゃあー」と泣きだした。

●著者略歴

田中山五郎（たなか　さんごろう）

1931年2月東京生まれ
1949年都立農芸高校卒。
現在、農園経営。日本民主主義文学会会員

《主な著書》
『徳丸ヶ原異聞』1984年、青磁社
『千代、今ひとたびの』1999年、本の泉社
『五・一広場』2005年、本の泉社（日本図書館協会選定図書）
『大獄と闇の夜』2014年、本の泉社

天空の甕《かめ》

2019年11月22日　初版第1刷発行

著　者　田中　山五郎

発行所　株式会社 本の泉社
〒113-0033 東京都文京区本郷 2-25-6
電話：03-5800-8494　Fax：03-5800-5353
mail@honnoizumi.co.jp ／ http://www.honnoizumi.co.jp

発行者　新船海三郎
DTP　田近　裕之
印　刷　中央精版印刷　株式会社
製　本　中央精版印刷　株式会社

ISBN978-4-7807-1949-9　C0093